—¿Dónde está el dinero

Crucé los brazos. De ni
darse con nuestro dinero.

—Ese dinero es para Disneylandia —le respondí.

—Para ir a todas las atracciones.

—Y conocer a Campanita.

Esa fue la primera vez que escuchamos reír a Cecile, y rio como la madre loca que estaba resultando ser.

—¿Y Campanita les va a dar comida? —No paraba de reír.

UN VERANO lOCO

Rita Williams-Garcia

Traducido por Yvette Torres Rivera

Quill Tree Books
un sello de HarperCollinsPublishers

Quill Tree Books es un sello de HarperCollins Publishers
Un verano loco
Texto: © 2010 por Rita Williams-Garcia
Traducción: © 2024 por HarperCollins Publishers
Todos los derechos reservados. Impreso en
los Estados Unidos de América.
Queda rigurosamente prohibida cualquier forma de reproducción
o uso sin permiso escrito excepto por citas breves contenidas
en artículos de crítica y reseñas. Para información, diríjase a
HarperCollins Children's Books, una división de HarperCollins
Publishers, 195 Broadway, New York, NY 10007.
www.harpercollinschildrens.com
Library of Congress ha catalogado la edición en inglés.
ISBN 978-0-06-307930-4
Diseño del libro por Joél Tippie
24 25 26 27   PC/CWR   10 9 8 7 6 5 4 3 2 1
La edición original en inglés de este libro fue publicada por Quill
Tree Books, un sello de HarperCollins Publishers, en 2010.

Para Churne Lloyd, E.P.D.
y en especial para
Maryhana, Kamau, Ife y Oni

Nubes boxeadoRas

Menos mal que el avión tenía cinturones de seguridad y que los habíamos ajustado bien antes de despegar. Si no, esa última sacudida habría bastado para poner a Vonetta en órbita y lanzar a Fern al otro lado del pasillo. Aun así, me agarré con mis hermanas lo mejor posible a fin de prepararnos para lo que pudiera venir después. Esas nubes no habían acabado con nosotros y le propinaron otra combinación de *jabs* de izquierda y derecha, estilo Cassius Clay, al cuerpo de nuestro Boeing 727.

Vonetta chilló y se metió el pulgar en la boca. Fern mordió el bracito rosado de Miss Patty Cake. Yo me tragué un gemido. Ya era suficiente que mis tripas se encogieran y estiraran como un acordeón; no había necesidad de dejarle saber a nadie lo asustada que estaba.

Tomé un respiro para que, cuando al fin abriera la boca, mi voz sonara como la mía y no como la de un conejito asustado.

—No son más que las nubes chocando unas con otras —les dije a mis hermanas—. Igual que chocaban sobre Detroit, Chicago y Denver.

Vonetta se sacó el pulgar de la boca y metió la cabeza en la falda. Fern siguió agarrada a Miss Patty Cake. Ambas me escuchaban.

—Nosotros vamos subiendo y empujando las nubes; ellas se enfadan y nos empujan para atrás. Como cuando tú y Fern pelean por los crayones rojos y dorados.

No sabía si era cierto lo de las nubes que peleaban y empujaban, pero algo tenía que decirles a mis hermanas. Mientras Vonetta se limitara a gritar y Fern a morder a Miss Patty Cake, yo seguiría inventando, para que todo estuviera bien. Es lo que más hago: mantener a Vonetta y a Fern a raya. Lo último que papá y Ma Grande querrían es enterarse de que dimos un gran espectáculo negro a treinta mil pies de altura rodeadas de todos estos blancos.

—Ya saben cómo es papá —les dije—. De ninguna manera nos va a poner en un avión si fuese peligroso.

Medio me creyeron. Justo acababa de sacar el bracito plástico de la boca de Fern cuando las nubes boxeadoras le propinaron otro *jab* a nuestro 727.

Ma Grande —es decir, la mamá de Pa— todavía dice

Cassius Clay. Pa dice Muhammad Ali o tan solo Ali. Yo alterno entre Cassius Clay y Muhammad Ali. La imagen que primero me llegue a la cabeza. Con Cassius Clay oyes el golpe de los puños, como el avión recibiendo *jabs* y puñetazos. Con Muhammad Ali ves una poderosa montaña, más grande que el Everest, y no hay quien pueda tumbar una montaña.

Todo el camino al aeropuerto, Pa trató de actuar como si fuese a dejar tres sacos de ropa para lavar en la lavandería. A mí no me engañaba. Él no es como Vonetta, que monta espectáculos. Él tiene solo una o dos caras, nada escondido, nada exagerado. Aunque había sido idea suya que voláramos a Oakland a ver a Cecile, Pa nunca dijo, ni una sola vez, lo emocionante que sería el viaje. Solo dijo que había llegado el momento de ver a Cecile. Que había que hacerlo. Solo porque hubiese decidido que había llegado el momento de que la viéramos no significaba que él deseaba que fuéramos.

Mis hermanas y yo estuvimos despiertas casi toda la noche pensando en California, soñando con lo que parecía ser el otro lado del mundo. Nos vimos surcando olas en tablas de surf, recolectando naranjas y manzanas de los árboles, llenando nuestros libros de autógrafos con las firmas de las estrellas de cine que veríamos en las cafeterías. Mejor todavía: nos imaginamos que íbamos a Disneylandia.

Vimos aviones elevarse y perderse en el cielo azul

según nos acercamos al aeropuerto. Cada vez que otra nave volaba sobre nosotros, dejando un rastro de humo blanco y gris, Ma Grande se abanicaba y preguntaba, "¿Por qué, Señor?".

Ma Grande había estado en silencio demasiado tiempo. Una vez dentro de la terminal, lo soltó todo. Le dijo a Pa: "Voy a decirlo: esto no está bien. Venir hasta Idlewild y poner a estas niñas en un avión para que Cecile pueda ver lo que dejó atrás. Si quiere ver, que se monte ella en un avión y venga a Nueva York".

A Ma Grande no le importa si la cara del presidente Kennedy está en la moneda de medio dólar o si el aeropuerto ahora oficialmente lleva su nombre. Ella llama el aeropuerto por su nombre antiguo, Idlewild. No me malentiendan. Ma Grande se enfureció y entristeció tanto como cualquiera cuando mataron al presidente. Es el cambio lo que ella no tolera. Tal como están grabadas las cosas en la mente de Ma Grande es como serán ahora y por siempre. Idlewild nunca será JFK. Cassius Clay nunca será Muhammad Ali. Cecile nunca será otra cosa que Cecile.

No culpo a Ma Grande por sentirse así. Yo tampoco perdonaba a Cecile.

Cuando Cecile se fue, Fern no usaba biberón. Vonetta caminaba, pero quería que la cargaran al hombro. Yo tenía cuatro años para cinco. Pa no estaba enfermo, pero tampoco estaba muy bien. Fue entonces que Ma Grande vino de Alabama para ocuparse de nosotros.

4

Aunque Ma Grande leía las Escrituras todos los días, no había considerado perdonar a Cecile. Cecile no era a lo que la Biblia se refería cuando hablaba de amor y perdón, sino de juicio y, créanme, Ma Grande había pasado juicio sobre Cecile. Así que, aunque Cecile hubiese aparecido un día en la entrada de la casa de Pa, Ma Grande no le habría abierto la puerta.

Por eso Pa nos había enviado en avión a Oakland. O Cecile no quería venir a Brooklyn o no habría sido bien recibida. En verdad, no creo que Pa hubiese podido escoger entre Ma Grande y Cecile, aun después de que Cecile lo abandonó. Y a nosotras también. Aun cuando Cecile demostró que Ma Grande tenía razón.

—¿Cómo puedes mandarlas a Oakland? Oakland no es más que un hervidero de problemas, con todos esos motines.

Pa sabe cómo no hacerle caso a Ma Grande sin faltarle el respeto. Me dieron ganas de sonreír de lo bien que lo hace.

Una voz chillona anunció la salida de nuestro vuelo a Oakland. Las tres teníamos mariposas en el estómago. Nuestro primer viaje en avión. Bien alto por encima de Brooklyn, por encima de Nueva York, ¡por encima del mundo! Aunque yo por lo menos podía estarme quieta, Vonetta y Fern pataleaban como si fueran pentecostales en un servicio de avivamiento.

Ma Grande las sujetó por el primer jirón de tela que

pudo agarrar, se agachó y les dijo que "se comportaran". No había muchos de "nosotros" en la sala de espera, y demasiados de "ellos" estaban mirándonos fijamente.

Por hábito, había hecho un conteo rápido. Vonetta, Fern y yo éramos las únicas niñas negras. Había dos soldados en uniformes verdes que no parecían ser mayores que el tío Darnell; toga y birrete de escuela secundaria un día, botas y entrenamiento básico cuatro días después. Dos chicas adolescentes con afros. Quizás fueran universitarias. Y una señora vestida como Jackie Kennedy que llevaba una maletita ovalada.

Ma Grande también había echado un ojo por el salón de espera. Yo sabía que a ella le preocupaba que nos maltrataran de alguna forma y buscaba un rostro adulto y moreno que estuviese pendiente de nosotras. Ma Grande despreció a las universitarias con afros a favor de la señora negra de gafas de sol cuadradas y vestido elegante que cargaba una maleta ovalada igualmente elegante. Ma Grande la miró a los ojos. Cuando nos acercamos, le dijo a la Jackie Kennedy negra: "Estas son mis nietecitas. Usted me las cuida, ¿oyó?".

La elegante señora negra había sonreído, pero no había devuelto la mirada que Ma Grande esperaba; y Ma Grande esperaba la mirada que la gente negra intercambia en silencio. Ella esperaba que esta desconocida dijera, como si se tratara de una vecina: "Como si fueran mías. Me voy a asegurar de que no se porten mal ni sean una vergüenza

6

para la raza negra". Una sonrisa de estrella de cine fue lo único que le dirigió a Ma Grande. A esa señora lo único que le importaba era su asiento en el avión.

Papá ya me había dado un papelito con el número de teléfono de nuestra casa, que yo me sabía de memoria, y el número de teléfono de su trabajo. Ya me había dicho que el número de su trabajo era solo para emergencias y no para llamadas de "Hola, ¿cómo estás?". Anoche también me dio un sobre con doscientos dólares en billetes de diez y de veinte para colocar en mi maleta. En su lugar, doblé los billetes y los metí en mis zapatillas de tenis antes de salir de la calle Herkimer. Caminar sobre ese montón de dinero se sentía raro a veces, pero por lo menos sabía que estaba seguro.

Papa besó a Vonetta y a Fern, y a mí me dijo que cuidara a mis hermanas. A pesar de que cuidarlas no habría sido nada nuevo, le di un beso y le dije que lo haría.

Cuando la fila para presentar los boletos se comenzó a mover, a Ma Grande se le aguaron los ojos y nos apretujó a todas envolviéndonos en su bata muumuu verde y violeta.

—Vengan y aprovechen el cariño ahora…

No fue necesario terminar de decir que estos podían ser los últimos besos y abrazos en mucho tiempo. Un recuerdo fugaz me reveló que Cecile no era muy besucona ni mimosa.

Muchos de esos recuerdos pasaban frente a mí como diapositivas de un proyector en la oscuridad. Muchas imágenes, olores y sonidos intermitentes. Principalmente sobre Cecile, recuerdos muy, muy antiguos. Y lo que yo no recordaba claramente, el tío Darnell siempre lo completaba. Por lo menos el tío Darnell guarda un grato recuerdo de ella.

El puente Golden Gate

Miré mi reloj Timex. De nosotras tres, yo era la única suficientemente responsable para tener y usar un reloj de pulsera. Vonetta dejó que una nena "viera el de ella" y nunca lo recuperó. Fern todavía estaba aprendiendo a leer la hora, así que yo guardaba el de ella en mi gaveta hasta que estuviera lista para usarlo.

Habían pasado seis horas y media desde que abrazamos a Ma Grande y besamos a Pa en el aeropuerto John F. Kennedy. Las nubes habían hecho las paces con nuestro Boeing 727. Ya se podía respirar. Me estiré lo más que estiraban mis piernas.

Por estas piernas largas la gente piensa que tengo doce o trece años, o hasta un poquito más. Nadie adivina de la

9

primera que tengo once para doce. Más que las piernas largas, estoy segura de que es mi cara ordinaria lo que los despista. No ordinaria en el sentido de vulgar, sino de estable. Constante. No tengo nueve años ni siete ni me da por chillar o decir ¡¡¡uuuhhh!!! como hacen Vonetta y Fern. Yo dejo que mi cara ordinaria y mis palabras ordinarias hablen por mí. Así que nadie me dice "¿Cómo?". Saben exactamente lo que quiero decir.

Hacía rato habíamos dejado atrás las nubes blancas y gordas, pues íbamos en descenso constante. El intercomunicador del avión rechinó y el piloto hizo un anuncio sobre el descenso y la altitud y de que aterrizaríamos en diez minutos. Dejé pasar todo eso hasta que dijo: "... y a su izquierda, al pasar por la bahía, verán el puente Golden Gate".

¡De repente, me convertí en una mentirosa! Una mentirosa descarada. Quería chillar y exclamar ¡¡¡uuuhhh!!! como cualquier niñita de siete años que acaba de conocer a Campanita. Había leído sobre el puente Golden Gate en la escuela, sobre la fiebre del oro de California y los inmigrantes chinos que construyeron las vías de tren que conectaron el este con el oeste. No es todos los días que se ve una imagen viva de lo que se ha leído en un libro escolar. Quería mirar desde el cielo y ver el puente Golden Gate.

Atrapada en el asiento del medio, me sentí furiosa conmigo misma. De nosotras tres, yo fui la primera en abordar el 727. ¿Por qué no me senté al lado de la ventanilla cuando tuve la oportunidad?

En lugar del chillido que sabía que no iba a soltar, suspiré. De nada servía llorar ahora. La verdad era que al primer aspaviento de Vonetta o Fern yo les habría dejado el asiento de la ventanilla.

Solo podía ser así: Vonetta y Fern a lado y lado, y yo entre ellas. Seis horas y media era demasiado tiempo para que estuviesen amarradas una junto a la otra discutiendo. Habríamos dado el gran espectáculo negro que Ma Grande nos había advertido, cuando todavía estábamos en Brooklyn, que no debíamos representar.

Aun así, el puente Golden Gate se me escapaba. Pensé que por lo menos una de nosotras debía verlo. Y debía ser la que había leído sobre él en la escuela.

—¡Mira, Vonetta! ¡Mira el puente!

Vonetta se quedó fija en su posición fetal, con la barbilla en la falda.

—No voy a mirar.

Me viré a la derecha y mordí un bocado de pelo y hebillas; Fern se había alzado de su asiento del pasillo.

—Quiero ver, oblígala a cambiar de asiento. —Para Fern, el Golden Gate sonaba como el castillo de la Bella Durmiente. Ella medio creía en cosas que no eran verdaderas y no sabía dónde acababan los cuentos de hadas. No tenía sentido estropeárselo. Más temprano que tarde entendería.

Fern se estaba zafando de su cinturón de seguridad

para treparse encima de mí y ver por la ventanilla. Así era en casa. ¿Por qué iba a ser distinto a mil pies en el aire?

—Siéntate, Fern —dije con mi voz firme y ordinaria—. Estamos preparándonos para aterrizar.

Hizo una mueca de protesta, pero se sentó. Apreté su cinturón. Vonetta seguía con la cara metida en la falda. Daba pena.

—Mira allá abajo, Vonetta —le dije—. Antes de que te lo pierdas.

Vonetta se negó a sacar la barbilla de la falda. Se metió el pulgar de nuevo en la boca y cerró los ojos.

No me preocupaba Vonetta. Cuando llegáramos a tierra, ella volvería a ser la niña creída de siempre y este episodio de pánico pasaría a la historia.

Volando en círculos sobre la bahía, encima del Golden Gate, me sentí como si me estuviesen atormentando por solo tener un deseo. Cada vez que el avión daba la vuelta sabía que sería la última oportunidad y que el puente cantaba: "Na-na-na-na-na. No puedes verme".

Ahora sí, tenía que ver el puente. ¿Cuántas veces iba a estar así de alto y tener una vista tan espectacular del puente Golden Gate justo debajo de mí? Me solté el cinturón, me alcé, y me incliné sobre la cabeza y los hombros de Vonetta para mirar por la ventanilla ovalada. Estrujé un poco a Vonetta. Un poquito. No como para formar un alboroto. Pero Vonetta y Fern, que ahora estaba molesta, ambas gritaron "¡Delphine!", tan fuerte como pudieron.

La gente se viró a mirarnos. Una azafata vino corriendo hasta nuestra fila.

"Siéntese en su asiento, señorita", me dijo en tono de regaño. "Estamos por aterrizar".

A pesar de que solo había ocho personas negras a bordo, contándonos a mis hermanas y a mí, yo había logrado desacreditar a toda la raza negra, a juzgar por los gestos de reproche de quienes nos rodeaban. Devolví mi trasero al asiento y me apreté el cinturón. Pero no sin antes haber visto acero color naranja asomarse a través de gruesas nubes de esmog.

No tuve tiempo para saborear mi victoria ni para sentir vergüenza. El avión continuó bajando con gran estruendo. Vonetta me agarró el brazo izquierdo y Fern, con Miss Patty Cake, agarró el derecho. Yo me aferré a los reposabrazos y rogué que el piloto hubiese hecho esto antes.

El avión rebotó en la pista tan pronto tocamos tierra. Siguió rebotando y avanzando hasta que se acabaron los saltos y comenzamos a rodar tranquilamente, sin sacudidas.

Respiré profundo para sonar como yo misma cuando les dijera a Vonetta y a Fern lo que tenían que hacer. Lo importante era que estábamos en tierra. Estábamos en Oakland.

Una madre agente secreta

La señora negra de la elegante maleta ovalada ni nos miró cuando nos pasó por el lado. A mí no me importó, pero no se lo habría dicho a Ma Grande si preguntaba para evitarle preocupaciones. Me habría limitado a algo breve y sencillo. Es cuando trato de elaborar demasiado el embuste que me descubren.

Ya con ambos pies en la tierra, Vonetta volvió a ser la misma de siempre, con su carita radiante y curiosa.

—¿Cómo la llamamos?

Había hablado de esto con Vonetta y Fern muchas, muchas veces. Les dije mucho antes de que papá mencionara que íbamos a conocerla. Les dije mientras hacíamos las maletas:

—Se llama Cecile. Así la van a llamar. Cuando la gente pregunte quién es, ustedes contestan: "Es nuestra madre".

Madre es una declaración de hechos. Cecile Johnson nos parió. Nacimos de Cecile Johnson. En el reino animal, eso la convierte en nuestra madre. Cada mamífero del planeta tiene una madre, viva o muerta. Que huyó o que se quedó. Cecile Johnson —mamífera paridora, viva, abandonadora— es nuestra madre. Una declaración de hechos.

Hasta en la canción que cantamos cuando echamos de menos tener una mamá —no a ella, sino a una mamá, punto—, cantamos acerca de una madre. "Madre se tiene que ir, la, la, la, la…" Nunca es Mamita, ni Mami, ni Mama, ni Ma.

Mamita se levanta a buscarte un vaso de agua a mitad de la noche. Mami invita a tus amigos a que entren a casa cuando está lloviendo. Mama te quema las orejas con el peine caliente para que el pelo se te vea bonito el día de la foto de la clase. Ma está exhausta y adolorida de exprimir tu ropa mojada y de colgarla a secar; Ma necesita paz y tranquilidad al final del día.

Nosotras no tenemos ninguna de esas. Tenemos una declaración de hechos.

Vonetta, Fern y yo nos paramos junto a la joven pelirroja que la línea aérea había encomendado con la tarea de velarnos hasta que Cecile apareciera. La azafata volvió a leer el papelito que tenía en la mano y luego miró el gran reloj montado junto al pizarrón de llegadas y salidas, como si tuviera que estar en otro lugar. Podía haberme dejado sola con mis hermanas. Yo ciertamente no la necesitaba a ella.

Un hombre en overoles azul marino barría la basura del piso a unos pies de distancia. Hacía su trabajo sin expresión; barría paquetes de cigarrillos y de goma de mascar a un recogedor que luego vaciaba en un contenedor más grande de basura. Si yo fuera él y tuviese que recoger lo que la gente tira al suelo con descuido, estaría furiosa.

A las personas que tiran basura por ahí se les llama cochinos. Pero por lo menos los cochinitos son bonitos, y la mamá cochina cuida a sus cochinitos y no los deja tirados por ahí, y los amamanta por afilados que tengan los dientes. Los cochinitos no se merecen que los comparen con la gente sucia que tira basura por ahí.

Vonetta me preguntó de nuevo. No porque estuviese ansiosa por conocer a Cecile. Vonetta preguntó de nuevo para asegurarse de tener su rutina bien ensayada en la cabeza —reverencia, sonrisa y saludo— y dejarnos a Fern y a mí esperando a que ella terminara, como si fuéramos bobas. Estaba practicando su papel de cachorro simpático y juguetón de la camada, así que preguntó otra vez:

—Delphine, ¿cómo la llamamos?

Una mujer blanca y grande vino y se detuvo frente a nosotras, aplaudiendo como si estuviésemos en exhibición en el Zoológico del Bronx.

—¡Santo cielo, qué muñecas más adorables! ¡Dios mío!

Gorjeaba como una cantante de ópera. Tenía la cara redonda como un plato y blanda como la mantequilla, y alrededor de las mejillas y el mentón tenía vellos blancos.

No dijimos nada.

—¡Y tan bien educadas!

Vonetta se avispó porque quería verse más bonita y mejor educada que nosotras.

Hice lo que Ma Grande me había dicho durante nuestras muchas conversaciones sobre cómo actuar cuando estamos entre gente blanca. Dije "Gracias", pero no añadí el "señora" de la frase completa, "Gracias, señora". Nunca había escuchado a nadie más decirlo en Brooklyn. Solo en películas viejas de la TV. Y cuando íbamos a Alabama. La gente dice "Sí, señora" y "No, señora" en Alabama todo el tiempo. Esa vieja palabra estaba perfectamente bien para Ma Grande. Solo que no estaba perfectamente bien para mí.

La señora abrió su cartera, sacó un monedero rojo de piel y rebuscó las monedas, hasta dar con la cantidad adecuada para muñecas de color adorables y bien educadas. Ma Grande habría pensado que eso era algo grande, pero a papá no le habría gustado ni un poquito. Ahora era el momento de hacer lo que papá me había pedido: velar por mis hermanas.

—No nos permiten aceptar dinero de personas desconocidas —dije esto con suficiente cortesía para complacer a Ma Grande y suficiente firmeza para complacer a papá.

La azafata pelirroja quedó horrorizada por mi comportamiento insolente.

—¿No te das cuenta cuando alguien es amable contigo?

Puse mi cara de boba para hacer creer que no sabía a qué se refería.

¿Qué sentido tenía hacer que la azafata nos cuidara si se rehusaba a protegernos de gente desconocida? Le parecía bien que una mujer blanca grande se nos quedara mirando fijamente, nos hablara y comprara nuestra atención con dinero. Bien podríamos habernos quedado solas.

No tenía ni que cambiar la vista para ver las muecas de Vonetta y Fern. No me importaba. No íbamos a aceptar nada de unos desconocidos.

La señora era todo sonrisas y chillidos. La cara le temblaba de la risa. "¡Y tan encantadoras!". Le puso todas las monedas en la mano a Fern, le pellizcó la mejilla y a pesar de lo grande que era se fue tan rápido que no pude impedirlo.

Vonetta agarró la mano de Fern, le abrió el puño a la fuerza, y tomó su moneda de cinco centavos; dejó en la palma de la mano de Fern las dos nuestras. Habría sido una pérdida de tiempo pedirles que me entregaran el dinero. Ya estaban soñando con caramelos de a centavo. Dejé que se quedaran con sus monedas y la mía.

*   *   *

La azafata volvió a examinar el papelito. Cambió el peso de una pierna a la otra. Mis hermanas y yo, y sus tacones altos, le molestábamos.

Miré al enjambre de gente que caminaba de un lado a otro y esperaba. Papá no había guardado fotos de Cecile, pero yo tenía una idea de cómo era. Siempre tenía recuerdos borrosos de ella que iban y venían. Pero sabía que era grande, es decir, alta, y del color del chocolate Hershey, como yo. Por lo menos sabía eso.

Entonces algo me hizo mirar hacia mi izquierda a una figura de pie al lado de una máquina de cigarrillos. Se movió y luego echó hacia atrás, quizás decidiendo si venir hacia nosotras o no. Le dije a la azafata antes de que la figura pudiese escabullirse del aeropuerto: "Esa es".

Fern y Vonetta estaban emocionadas y atemorizadas. Me apretaron fuerte las manos. Me di cuenta de que cualquier idea que Vonetta hubiese tenido de recitar poesía, bailar o hacer una reverencia había desaparecido. Me apretó la mano más fuerte que Fern.

La azafata nos llevó hasta donde estaba esta figura. Una vez allí, cara a cara, la azafata se detuvo y se interpuso como una barrera entre la mujer desconocida y nosotras. La misma azafata que permitió que una mujer blanca grande se nos quedara mirando fijamente y le pusiera dinero en las manos a Fern no estaba dispuesta a entregarnos a la mujer que yo había dicho que era nuestra madre. Quería sentir rabia, pero debo decir que no la culpaba del todo. Pudo haber sido por la forma en que la mujer estaba vestida. Grandes gafas oscuras. Un pañuelo atado alrededor de la cabeza. Sobre el pañuelo, un sombrero grande, inclinado hacia el frente, el tipo de sombrero que Pa usaba cuando vestía con traje. Unos pantalones de hombre.

Fern se agarró a mí. Cecile parecía más una agente secreta que una madre. Pero yo sabía que era Cecile. Yo sabía que era nuestra madre.

—¿Es usted… —La azafata desdobló el arrugado papelito— Cecile Johnson? —Hizo una gran pausa entre el primer nombre y el apellido—. ¿Es usted la mamá de estas niñas negras?

Cecile nos miró a nosotras, y luego a la azafata.

—Yo soy Cecile Johnson. Estas —Nos señaló a nosotras— son mías.

Era todo lo que la azafata tenía que escuchar. Soltó el papelito en el piso, nos entregó y huyó en sus tambaleantes tacones.

Cecile no se molestó en agarrar ninguna de nuestras maletas. Dijo "Vengan", dio dos pasos largos y la seguimos. La brecha entre Cecile y nosotras se hacía cada vez más grande. Vonetta aceleró el paso, pero estaba molesta por tener que hacerlo. Fern no podía ir muy rápido con su maleta en una mano y Miss Patty Cake en la otra. Y yo no iba a ninguna parte sin Fern y Vonetta, así que fui más lento.

Cecile por fin se volteó cuando llegó a las puertas de cristal y miró a ver dónde estábamos. Cuando la alcanzamos, dijo, con su acento sureño:

—Van a tener que darse prisa si van a estar conmigo.

—Fern necesita ayuda —le dije. Entonces Fern declaró:

—No necesito ayuda. —Y Vonetta anunció:

—Yo necesito ayuda.

Cecile no mostraba expresión alguna en la cara. Se agachó, agarró el mango de la maleta de Fern y dijo: "No se queden atrás". Empezó a caminar, con los mismos pasos largos de antes.

Le tomé la mano a Fern y la seguimos. La brecha no era tan grande como cuando comenzamos, pero había cierta distancia entre Cecile y mis hermanas y yo. La multitud serpenteaba fácilmente entre y alrededor de nosotras. No se notaba que estábamos juntas.

Había algo poco común en Cecile. Los ojos de la gente no se le despegaban. Una mujer alta, color chocolate, en pantalones de hombre, con la cara medio oculta por un pañuelo, un sombrero y grandes gafas oscuras. Era como una estrella de cine de color. Alta, misteriosa y a la fuga. Mata Hari en el aeropuerto. Excepto que no había cámaras ni espías siguiendo a la oscura Mata Hari de anchos hombros. Solo tres niñas que la seguían a un poco de distancia.

La seguimos afuera, hasta la fila de taxis verdes y blancos. En lugar de ir al primer taxi de la fila, Cecile metió la cabeza y buscó en todos los demás taxis. Fue en el cuarto que se agachó y tocó en la ventana. El taxista, de gorra negra, se inclinó, asintió, abrió la cerradura de la puerta delantera y dijo algo así como "Zilla", que supongo que es un diminutivo de Cecile en la lengua de la gente de color de Oakland.

Cecile abrió la puerta de atrás.

—Vengan.

—¿Podemos poner las maletas en el…? —pregunté.

—Niña, acaba de entrar al auto.

Vonetta y Fern se erizaron. Ma Grande podía ser dura. Papá no jugaba. Pero nadie me hablaba así. Era tal como había dicho Ma Grande. Habíamos llegado a un hervidero de problemas. Aun así, no había tiempo para apaciguar mi orgullo. Tenía que lograr que todo estuviera bien para que Vonetta y Fern cayeran en línea. Entré primero con mi maleta, jalando conmigo a Fern, que sostenía a Miss Patty Cake, y después entró Vonetta con su maleta.

Cecile y el taxista encendieron cigarrillos mientras conducíamos. Papá por lo menos no fuma sus cigarrillos Viceroy en el Wildcat. Vonetta tosió y Fern se puso verde. No me preocupé por preguntar lo que podía hacer y lo que no podía hacer. Bajé la ventana de mi lado para que entrara aire.

Íbamos paseando calladas, mirando a Oakland por las ventanas y mirando furtivamente a Cecile. Antes de poder completar un pensamiento sobre Cecile u Oakland, el taxista nos dejó, no muy lejos del aeropuerto.

—¿Vives cerca del aeropuerto? —preguntó Vonetta.

Cecile no respondió. Solo dijo: —Vamos.

Mientras caminábamos, fue escondiéndose más detrás de su sombrero y sus gafas de sol, como si no quisiera que nadie la viera con nosotras.

¿Estaba avergonzada de que tenía tres niñas que había abandonado y tenía que dar explicaciones? *¿Quiénes son estas niñas? ¿Tuyas? ¿Por qué no viven contigo?*

No esperes lástima de nuestra parte. A nosotras nos hacían las mismas preguntas en Brooklyn. *¿Dónde está su madre? ¿Por qué no vive con ustedes? ¿Es cierto que murió?*

Cecile colocó la maleta de Fern en el banco de una parada de buses y se sentó.

—¿Por qué vamos a tomar el bus? —preguntó Vonetta—. ¿Por qué no nos llevó el taxi?

Hice callar a Vonetta solo para que Cecile no fuera a decir algo cruel.

Según mi Timex, el bus llegó en cuatro minutos. Cecile hizo que nos montáramos primero y dijo: "Vayan hasta el fondo y siéntense". Cuando encontramos asientos, Cecile todavía estaba con el conductor, discutiendo con él.

—Los menores de diez no pagan —afirmó—. Ahora deme cuatro conexiones.

Hacía tiempo que tenía once años, pero les dije a Vonetta y a Fern:

—Si alguien pregunta, tengo diez años.

23

Vonetta cruzó los brazos.

—Pues yo sigo teniendo nueve. No voy a volver atrás a tener ocho.

Fern añadió:

—Yo me quedo en siete.

Las mandé a callar a las dos. De nada serviría que el conductor nos escuchara poniéndonos de acuerdo sobre nuestras edades. A decir verdad, era Cecile la que me preocupaba, no el conductor. No tendríamos que quedarnos con el conductor durante los próximos veintiocho días. Tendríamos que quedarnos con Cecile.

La casa con estucado verde

Ma Grande decía que Cecile vivía en la calle. Que su cama era un banco del parque. Que vivía en un cuchitril.

No se le puede decir algo así a una niña que pregunta por su madre cuando afuera está nevando o lloviendo a cántaros. No se le puede decir: "Tu madre vive en la calle, en un cuchitril, y duerme en los bancos del parque igual que los borrachitos".

Cuando tenía seis años yo no entendía los modismos. No entendía que eran una cadena de palabras que se dicen con tanta frecuencia que la cadena flaquea: "Tu madre vive en la calle, en un cuchitril, y duerme en los bancos del parque igual que los borrachitos" sonaba exactamente como lo decía Ma Grande. Cuando uno tiene seis años, uno se imagina a su madre viviendo en asfalto negro y gris lleno de baches, vidrios rotos, marcas de frenazos y goma de mascar, todo eso ennegrecido por el paso de autos, buses y camiones. Uno se exprime el cerebro para un lado y la imaginación para el otro y ve a su madre asomándose por los agujeros de edificios abandonados y en ruinas, buscando guarecerse de la lluvia o la nieve. Uno ve a la madre durmiendo en los bancos astillados del parque, salpicados de caca de paloma, y a un borrachito maloliente y mellado durmiendo a su lado. Cuando uno tiene seis años, se pregunta por qué la madre prefiere vivir en la calle, en un cuchitril, y dormir al lado de borrachitos en los bancos del parque a vivir con uno.

A pesar de que por fin había caído en cuenta de que esto eran solo modismos, y no la verdad monda y lironda, yo me imaginaba que Cecile Johnson por lo menos estaba en las malas. Que fuera una de esos "negros que viven en la pobreza", como lo expresaban con frecuencia en las noticias. Pensé que tendría que hacer entender a Vonetta y Fern que no debían de dar por sentadas todas las cosas que teníamos en casa, como baño de espuma, todo lo que quisiéramos comer de pollo o jamón, o el pudín de postre de los domingos.

Cuando Cecile redujo la velocidad de sus pasos de hombre, se arrancó el sombrero, el pañuelo y las grandes gafas oscuras, supimos que habíamos llegado. Entramos tras ella al patio y la seguimos por el sendero. Me quedé mirando las ocho gruesas trenzas de pelo sin planchar y los lápices enganchados en la oreja. Después, como mis hermanas, quedé en *shock* cuando vi la casa y el patio. El lugar donde vivía.

—¿Esta es tu casa? —Vonetta fue la primera en poner en palabras nuestro asombro.

Para comenzar, la casa estaba cubierta con picos de glaseado verde endurecido. "Estucado", le llamó Cecile. Dijo que ella misma había aplicado el estucado. Un césped muy bien recortado, aunque completamente seco, rodeaba la erizada casa verde. A un lado había una losa rectangular de concreto con un techo. "Un garaje abierto", dijo. Pero sin auto. Al otro lado, una palmita se inclinaba hacia el sol. Esa palma estaba tan fuera de lugar como el estucado. Eso me confirmó que esta era la casa de Cecile.

Aunque Cecile dijo que la casa era de ella y que no teníamos que preocuparnos de cómo la había conseguido, eso no fue suficiente para Vonetta.

—Ma Grande dijo que…

Le di una patada antes de que dijera más. Ella sabía que no debía repetir las palabras de Ma Grande; y si no lo sabía, esa patada debió haberle enseñado a no hacerlo.

Si Cecile escuchó a Vonetta empezar a insultarla o si me vio patear a su segunda hija, no se dio por enterada. Solo dijo, "Vengan", y puso la llave en la cerradura de la puerta.

Entramos y echamos una ojeada al lugar. Esperaba ver

las paredes escritas. Letras grandes, onduladas, de colores, al estilo *hippie*, por todas partes, pues ella era libre de hacer lo que quisiera en su propia casa. Esperaba ver hileras e hileras de palabras escritas con lápiz en la pared. Pero las paredes en casa de Cecile estaban limpias, pintadas de color amarillo cremoso, y no tenían escritura. Pero recuerdos fugaces pasaron frente a mí. Recuerdos de Cecile escribiendo en las paredes y en cajas... Recuerdos de olor a pintura... papá pintando sobre las marcas que ella hacía con el lápiz... Recuerdos de gritería... papá y Cecile. Discusiones calientes. Cuando pregunté qué había pasado, el tío Darnell dijo que habían peleado porque Cecile escribía en las paredes todo el tiempo.

—El cuarto de ustedes está atrás. El baño está al cruzar el pasillo. La cama es una cama nido. Debe ser suficiente para todas ustedes.

Fern cruzó los brazos, agarrando a Miss Patty Cake por un mechón de su ralo pelo rubio.

—Necesitamos camas para niñas, no nidos. No somos pájaros.

Estaba segura de que Cecile no sabía si sentirse molesta o divertida. Nos miró a todas preguntándose no solo quiénes éramos, sino *qué* éramos.

Fern no se dio cuenta de la mirada de Cecile y se dirigió a mí:

—Yo duermo en camas de verdad; yo soy grande, estoy en segundo grado.

Vonetta no iba a quedarse atrás y afirmó:

—Yo estoy en cuarto grado.

Cecile soltó:

—No pregunté nada de eso.

Según me esperaba, Vonetta se sintió herida porque ella siempre estaba metiéndose en el medio para que todos la vieran. Pero a pesar de eso, no la habían pateado suficiente. Empezó a dar vueltas en la sala como un hada de recital de baile. Giró sobre los talones —mirando las paredes limpias, las cortinas, el sofá viejo, unas torres de libros y poco más— aterrizó y dijo:

—¿Dónde está la TV y lo demás?

Estaba demasiado lejos de mí para empujarla o patearla.

Cecile soltó la maleta de Fern al piso y la miró fijamente mientras murmuraba:

—Yo no las mandé a buscar. No las quería, en primer lugar. Debí haberme ido a México a deshacerme de ustedes cuando tuve la oportunidad.

No parecía que estuviese hablándonos a nosotras. Ni siquiera miraba a Vonetta. Ni a Fern ni a mí. Seguía hablando, murmurando sobre México mientras tiraba su disfraz de Mata Hari sobre el destartalado sofá.

Nuestra madre se metía lápices en el pelo, se vestía como una agente secreta, tenía una casa erizada e hirsuta, una palma cuando nadie más tenía, y paredes limpias, pintadas en vez de escritas como yo recordaba. Ahora entendía por qué nuestra madre se fue. Nuestra madre estaba loca.

—Vamos —dije—. Vamos a ver el cuarto y a guardar nuestras cosas.

Vonetta y Fern corrieron por el pasillo, empujándose para llegar primero. Cecile las regañó, pero estaban demasiado exaltadas para oírla.

Yo entré a la habitación después de ellas. Una cama con cabecero y barandillas de latón, un cubrecama azul. Una cómoda. Una lámpara de cuello de cisne con pantalla de vidrio en forma de medialuna. Era más mobiliario que el que tenía en la sala.

—No cabemos todas en esta cama —se quejó Vonetta.

Levanté el cubrecama azul y encontré la otra cama debajo.

—Vamos. Ayúdenme a sacarla.

Todas jalamos por un lado y la cama rodó, quedando una cama más arriba y la otra un poco más abajo.

—Nos debió ayudar —dije.

—Sin duda —añadió Fern.

—Yo voy a dormir arriba —adelantó Vonetta.

—No, yo voy a dormir arriba.

Fern hizo su mejor imitación del salto de Rocky, la ardilla voladora, con los brazos estirados hasta caer de panza en la cama. Vonetta hizo lo mismo, y terminaron abrazadas en lucha libre. Las dejé. No habían tenido una buena pelea en todo el día. Después de seis horas y media en el avión e intentar seguirle el paso a Cecile, pensé que podían divertirse un poco.

Se turnaron intentando ganarle a la otra, pero justo antes de que comenzaran a llorar, las separé y les dije:

—Las dos van a dormir arriba. Hay espacio suficiente.

—¿Por qué te toca una cama a ti sola? —lloriqueó Vonetta—. No eres tan grande que necesitas una cama para ti sola.

Yo era suficientemente grande para renunciar a mirar el mundo desde el 727 y para ser más astuta que mis hermanas siempre.

—Pueden dormir aquí abajo conmigo —dije, moviéndome a una esquina para no ocupar toda la cama—. No me molesta.

—Yo me quedo arriba —dijo Vonetta.

—Yo también.

Miramos en silencio a nuestro alrededor a las paredes, la cómoda y la lámpara de piso con cuello de cisne y pantalla de vidrio en forma de medialuna. Ciertamente, no era mucho.

Vonetta quería decir algo. Se le notaba.

—Acaba de decirlo, Vonetta —le solté.

—Sí, ya acaba —dijo Fern.

Vonetta miró de reojo a Fern. A mí, me preguntó:

—Delphine, ¿qué tenemos que ver nosotras con México?

Eso me había desconcertado a mí también cuando Cecile lo dijo: *Debí haberme ido a México a deshacerme de ustedes cuando tuve la oportunidad.* En verdad no sabía lo que quería decir, pero yo era lo único que tenían mis

31

hermanas, así que respondí:

—Ahí es que van las mujeres que no quieren a sus bebés.

—Pero ¿por qué a México?

—¿Y no a Queens? —cuestionó Fern.

—Porque Queens está demasiado cerca —dije yo, como si supiera. Entonces añadí, mostrando toda mi sabiduría y edad—: Allá en México compran bebés para la gente rica.

Ambas dijeron: "Oh".

Yo no quería decir que Ma Grande tenía razón. Cecile no era madre para nada. Cecile no nos quería. Cecile estaba loca. Yo no tenía que decirlo.

Ming la Malvada

De pie y en formación, levantamos la vista para mirarla.
Yo estaba al frente, y Vonetta y Fern, una a cada lado. Ella
era alta, de hombros anchos, mientras que Pa era tan solo
alto. A pesar del hambre que tenía, en lo único en que
podía pensar era en que en el sexto grado te hacían bailar
con un chico. Que yo nunca me vería bien bailando con
un chico, gracias a Cecile.

Hablé yo primero:

—Tenemos hambre.

Como de costumbre, las voces de mis hermanas siguieron tras la mía.

Vonetta:

—¿Qué hay de cena?

Y luego Fern:

—Hambre, hambre. —Se sobó la pancita.

Éramos un cuadro. Nosotras mirándola a ella hacia arriba y ella mirándonos hacia abajo. En el reino animal, la madre pájaro viene con lo que ha recogido durante el día y lo echa en la boca abierta de cada pajarito que chilla para que lo alimenten. Cecile nos miraba como si no se le ocurriera que tendríamos hambre y que tendría que hacer lo que hacen las madres: alimentar a sus criaturas. No soy Ma Grande en la cocina, pero habría abierto una lata de frijoles y cocinado unas salchichas. Puedo hornear un pollo y hervir papas. Nunca habría permitido que las hijas que no había visto en tanto tiempo viajaran casi tres mil millas sin encender la estufa.

Ella respondió:

—¿Qué quieren de mí?

—Comida —respondí—. Son más de las ocho. No hemos comido verdadera comida desde el desayuno.

—Con Ma Grande.

—Y Papá.

Continué:

—Eso fue —me miré la muñeca— hace nueve horas y doce minutos.

Y luego Vonetta:

—La comida de los aviones no cuenta.

Y por último Fern:

—Sin duda, no cuenta.

Nos seguía mirado como si hubiésemos arruinado su tranquila tarde del martes. Entonces habló:

—¿Dónde está el dinero que les dio su padre?

Crucé los brazos. De ninguna manera iba ella a quedarse con nuestro dinero.

—Ese dinero es para Disneylandia —le respondí.

—Para ir a todas las atracciones.

—Y conocer a Campanita.

Esa fue la primera vez que escuchamos reír a Cecile, y rio como la madre loca que estaba resultando ser.

—¿Y Campanita les va a dar comida? —No paraba de reír.

Nosotras no pensamos que fuera gracioso. No dijimos nada: no fuera a ser que nos diera una bofetada por respondonas.

—Miren, si quieren comer —dijo—, entréguenme el dinero.

Intenté intimidarla con la mirada, algo que nunca haría con Ma Grande. A Cecile no pareció importarle. Dijo:

—Pues bien. Tengo muchísimos sándwiches de aire aquí. Regresen a su cuarto, abran la boca y pesquen uno.

Hasta ahí llegó el intento de intimidación con la mirada. Me solté la zapatilla de tenis derecha y saqué el pie y el fajo de billetes de diez y veinte que Pa me había dado. A Cecile no le importó que el dinero hubiese estado cocinándose debajo de mi pie desde que salimos de Brooklyn. Agarró el dinero, desdobló y contó los billetes, y luego se los metió en el bolsillo de los pantalones, excepto por un billete de diez, que me ofreció.

—Ve a la vuelta de la esquina a donde Ming. Ordena un *lo mein* de camarones grande... —Contó nuestras cabezas como si no supiera cuántas hijas había tenido—, cuatro rollitos primavera y un botellón de Pepsi.

Vonetta y Fern gritaron de emoción por los camarones y la Pepsi, sin pensar en que esto estaba mal. Nuestra madre debió cocinarnos comida de verdad; por lo menos un pollo asado. Debió hacer salchichas y frijoles.

—Ponche de frutas —dije—. Ma Grande no nos permite tomar bebidas fuertes.

Cecile soltó una gran carcajada. Vonetta y Fern estaban demasiado emocionadas con la comida para llevar como para darse cuenta de que nuestra madre estaba loca.

—Tenemos que llamar a Pa. Avisarle que llegamos —dije.

Ellas metieron la cuchara.

—Sanas y salvas.

—En tierra.

Cecile dijo:

—El teléfono está al lado del negocio de Ming.

—¿Quieres decir que no tienes teléfono? —preguntó Vonetta.

—No tengo a quien llamar y no quiero que nadie me llame —respondió Cecile.

Si Cecile tenía teléfono no era mi preocupación principal.

—¿Tenemos que salir después de las ocho a llamar a Pa y buscar la comida? ¿No vas a venir con nosotras?

—El negocio de Ming está a un par de cuadras en la calle Magnolia, a la vuelta de la esquina. —Apuntó en esa dirección—. Y el teléfono público está ahí mismo.

Apenas habíamos salido por la puerta cuando añadió:

—Y dile a Ming que te dé cuatro platos, cuatro cuchillos, cuatro servilletas y cuatro vasos de papel. No vale la pena ensuciar la vajilla. ¡Y ustedes no van a entrar en mi cocina!

Todas nos miramos y pensamos lo mismo: está loca.

Fui delante, siguiendo la dirección que Cecile había señalado. Por la acera, después de la palmera, viramos a la derecha. Vonetta y Fern, como de costumbre, iban pisándome los talones.

No estaba oscuro, pero tampoco era de día. Había niños de todas las edades jugando en los patios y montando bicicleta en la calle. Apuesto a que los niños corren y juegan aquí afuera todo el año, no solo en el verano. Nosotras por lo general íbamos al campamento de verano de la YMCA o íbamos a Alabama en el Wildcat de papá.

Nos encontramos con unos niños que jugaban al chico paralizado. Pasaron de la algarabía a la inmovilidad de una estatua justo cuando nos acercamos a su patio, pero sentimos sus sonrisas de superioridad. Vonetta se sonrió, contenta por el interés de ellos en nosotras. Buscaba nuevos amigos con quienes jugar durante los próximos veintiocho días. Dejé que se rezagara uno o dos pasos para sonreírles y hacerles un guiño. Es inútil tratar de impedir que Vonetta busque hacer amigos.

Seguí caminando, con Fern muy cerquita de mí. Vonetta vino saltando hasta alcanzarnos. Una cosa era segura: Puede que estas cuadras fueran tan largas como las de la calle Herkimer, pero estábamos lejos de Brooklyn. No sabía a dónde iban estas calles, pero caminé por Magnolia como si supiera hacia dónde iba.

No pude evitar fijarme que ni en un solo patio había palmeras. Ni estucado. Ni una sola casa estaba pintada de ese color verde estrafalario. Pensaba en esto cuando detrás de nosotras se sintió un ruido sordo contra el concreto, como un barril rodando, con el sonido interrumpido por las grietas en la acera. Me di la vuelta.

Una voz gritó: —¡*Fuera*!

Intentamos echarnos a un lado, pero las tres saltando a la vez no nos llevó muy lejos.

Un chico sobre una tabla —una T voladora con ruedas de triciclo en la parte de atrás— nos pasó por el lado y me dio un buen golpe.

—¡*Oye!*¡Ten cuidado! —le grité, sacudiendo el puño.

Vino a detenerse en la esquina, agarró su T voladora, la cruzó al otro lado de la calle y la puso de nuevo en la acera.

—¡Perdón! —gritó sin darse la vuelta. Entonces le dio un impulso y se acostó en ella, boca abajo, con los brazos extendidos agarrando los extremos de la T.

—¿Qué fue eso? —preguntó Vonetta.

—Un niño estúpido —dije—. Vamos.

Tuve que agarrar a Vonetta por la barbilla para hacerla mirar hacia otro lado que no fuera la dirección en que iba el chico de la T voladora. Ella seguía mirando, aunque hacía mucho que ya él no estaba por allí.

El negocio de Ming estaba donde Cecile había dicho: a la vuelta de la esquina, un par de cuadras más abajo. Tenía un rótulo grande: MING's, y, debajo, letras de neón rojas que parecían hombres luchando con espadas. La cabina telefónica también estaba donde Cecile había dicho que estaría, justo al lado del negocio de Ming. Había pensado llamar a Pa antes de comprar la comida, pero la cabina estaba ocupada por un tipo de piel clara con el cabello peinado en un afro grande y caído. Estaba de lado, pero pude ver su perfil, su nariz de águila. La manera en que viraba la cabeza hacia un lado y otro, de manera sospechosa, mientras hablaba.

Estuvimos de pie, con los brazos cruzados, esperando a que terminara. Parecía un fugitivo de la justicia. Yo podía identificarlos si veía a uno. Me encantan las buenas historias de crímenes, en especial las del programa *El FBI*. Los programas de crímenes los pasan tarde y yo me escondo para ver lo que sea que Ma Grande está viendo cuando se queda dormida. Pues ese aspecto tenía este individuo. Como si estuviese llamando a su mamá para ver si no había moros en la costa y podía regresar a su casa sin que lo siguiera la policía o la mafia.

Nos vio de pie con los brazos cruzados y nos dio la espalda. Entendí. Tenía un montón de monedas y pensaba usarlas todas.

Llegamos a Ming's. Apenas entramos al restaurante, que no era un restaurante, sino un mostrador con una cocina en el fondo y dos mesitas con bancos del lado donde estábamos nosotras, la señora china que estaba detrás del mostrador dijo:

—No hay rollitos primavera gratis. No hay más rollitos primavera gratis. —Movió las manos como espantando a un gato callejero.

No sabía cómo responder. No había pedido rollitos primavera gratis. Pero éramos las únicas en Ming's, y ella me miraba fijamente a mí.

Vonetta dijo: —No queremos rollitos primavera gratis.

Y Fern añadió:

—Queremos *lo mein* de camarones y Pepsi.

—Y cuatro platos, cuatro tenedores, cuatro servilletas y cuatro vasos —continuó Vonetta.

—Y cuatro rollitos primavera —siguió Fern.

—Y todo a cambio de dinero, no gratis —remató Vonetta.

Por último, yo dije:

—Es comida para llevar.

Desdoblé el billete de diez dólares para enseñárselo.

Location: ZK-15

ZWM.5MVG

Title:	Un verano loco: One Crazy Summer (Spanish edition)
Cond:	Good
Date:	2024-09-09 23:29:31 (UTC)
mSKU:	ZWM.5MVG
vSKU:	ZWV.0063079305.G
unit_id:	18181859
Source:	CATALINA

ZWV.0063079305.G

delist unit# 18181859

XXXXX

Por lo general, siempre estoy lista para defenderme a mí y a mis hermanas. Pero esta vez me quedé en blanco sin saber por qué. Fue chévere oír a Vonetta y a Fern meter la cuchara.

La señora gritó en chino hacia la cocina. Parecía todavía más odiosa que cuando dijo "No hay rollitos primavera gratis". Decidí que igual que Cecile, la señora china estaba loca. Ming la Malvada.

Hizo un gesto hacia nosotros con la cabeza y dijo:

—Está bien, siéntense.

Nos sentamos y esperamos. Ming la Malvada seguía hablando. "Todo el mundo pobre. Todo el mundo hambriento. Yo doy rollito primavera gratis. Me da pena. Entonces todo el mundo viene a buscar rollito primavera gratis".

Siguió murmurando como hacía Cecile, y parecía detestable y cansada como Ma Grande los días que lavaba la ropa.

Mientras esperaba sentada con mis hermanas, formé mi opinión sobre Oakland. En Oakland no había nada ni nadie agradable. Me hubiese montado en un avión y regresado a Nueva York si Ma Grande se hubiese aparecido buscando a sus nietecitas. No le habría dicho a Cecile ni "Gracias por la visita".

Llamada por cobrar

Ming la Malvada puso un dólar y algunas monedas sobre el mostrador. Me entregó una bolsa de papel de estraza con la comida, le dio a Vonetta la botella de Pepsi y una botella pequeña de ponche de frutas, y a Fern una bolsa de papel con los platos, vasos, cubiertos y servilletas. Yo recogí todo el menudo. Había por lo menos dos monedas de diez centavos, que eran suficientes para hacer una llamada por cobrar a Brooklyn.

Cuando salimos del restaurante, el tipo de la nariz de águila y el afro caído se había ido. Nos metimos todas en la cabina de teléfono con las bolsas de Ming's.

Metí el dedo en el agujero del cero del disco del teléfono y marqué. Salió la voz de la operadora y yo hablé:

—Operadora, quiero hacer una llamada por cobrar a Louis Gaither.

El nombre completo de papá se oyó extraño al salir de mi boca. Lo dije de nuevo más claramente, aunque la operadora no me lo había pedido. Sí me pidió mi nombre y se lo di. "Delphine".

Yo no hablo enredado en lo absoluto. No me como las letras ni las junto. Pero aun así la operadora preguntó: "¿puedes repetir?", como si no hubiese entendido la primera vez. Lo separé en sílabas: "Del-FIIN".

Me dijo que me quedara en la línea. Mientras ella llamaba a Pa, caí en cuenta de que mi Timex todavía marcaba la hora de Brooklyn y que eran más de las once de la noche. Pa se levantaba a trabajar cuando todavía estaba oscuro y a las nueve ya estaba durmiendo. Empecé a darle cuerda al reloj cuando la operadora volvió:

—Adelante, señorita.

—¿Hola?, ¿Hola? —Ma Grande se oía lejos, pero la escuchamos y nos alegramos de haber conseguido llamar a casa.

Ya Vonetta y Fern habían comenzado a aullar como cachorros y a intentar agarrar el teléfono. Les di una mirada severa para que dejaran de hacerlo. Antes de que pudiera decir "Estamos aquí en Oakland con Cecile", Ma Grande dijo:

—¡Delphine! ¿Sabes cuánto le está costando esta llamada a tu padre?

No era el momento de quedarse callada, así que me defendí:

—Pero papá dijo que llamara.

—Pero no por cobrar, Delphine. ¿Cómo se te ocurre? Sabía que ustedes no debían salir de Brooklyn. Vuelan a Oakland y pierden hasta la última onza de sentido común. Déjame hablar con tu madre.

—Ella no está aquí —dije—. Está en su casa.

Vonetta y Fern todavía le gritaban a Ma Grande y a Papá, que debía estar durmiendo.

—¿Y por qué están ustedes en la calle a esta hora de la noche? Le voy a contar esto a tu padre.

Ma Grande refunfuñó y riñó, haciendo más costosa todavía la llamada. Cuando terminó de regañarme a mí y a esa "que no es madre, Cecile", le dije que estábamos seguras y dije buenas noches, y Vonetta y Fern gritaron "¡Buenas noches, Ma Grande! ¡Y Pa!". Entonces colgué el teléfono.

Por lo menos hice lo que Pa me había dicho que hiciera. Llamé.

Cecile hacía guardia frente a la puerta batiente de la cocina y nos apuntó hacia la sala, donde había colocado un mantel encerado en el suelo. Nos distribuimos alrededor del mantel. Cecile se hizo cargo de todo: echó *lo mein* de camarones y un rollito primavera en cada plato, y nos dio a cada una un tenedor y una servilleta.

A mí me dijo: "Sirve las bebidas", cosa que hice. Esto fue lo más maternal que se comportó, si no contamos que vino a buscarnos. No es que yo hubiese querido o necesitado que fuera maternal. Yo solo pensaba en Vonetta y Fern. Ellas esperaban una madre. Por lo menos un abrazo. Un "Mira cuánto han crecido". Una mirada de pena y una petición de clemencia. Pero yo sabía que eso no vendría.

Por lo menos eso era algo que Cecile y Ma Grande tenían en común. Ma Grande no perdonaba a Cecile, y Cecile no necesitaba que la perdonaran.

Ming la Malvada había incluido con la comida un par de palitos chinos. Vonetta y Fern miraron los palitos de madera y hablaron de convertirlos en hebillas para el pelo, en espadas para luchas de mentira y en juegos de mesa. Cecile acabó con todo eso cuando rompió los palitos, que estaban unidos en el tope, los frotó uno con el otro como si estuviese intentando encender ramitas para un fuego, y luego envolvió los fideos en ellos y se los metió a la boca junto con los camarones.

Todas la mirábamos fijamente. Nunca habíamos visto a nadie comer con palitos chinos excepto en la TV. Nunca habíamos visto a gente de color comer con ellos, y aquí estaba nuestra madre comiendo con palitos como los hombres chinos que yo había leído que trabajaron en los ferrocarriles. Comió con ansia, dando a sus hijas un pésimo ejemplo de buenos modales de mesa.

Cecile sabía que teníamos los ojos fijos en ella. Con

comida en la boca dijo:

—Pensé que todas tenían hambre.

Agarramos los tenedores y comimos.

Cuando terminamos, Cecile tomó todo lo que no se había usado: la salsa soya, la mostaza picante, su tenedor, un vaso que Ming la Malvada había puesto de más. Nos dijo que nos quedáramos allí mientras ella llevaba todo a la cocina. Así que nos quedamos quietas.

Pensé que querría hablar con nosotras. Averiguar cómo nos iba en la escuela. Lo que nos gustaba y lo que no. Si habíamos tenido varicela o nos habían sacado las amígdalas. Mientras pensaba en lo que le contaría, escuchamos tocar a la puerta. Luego, tocaron más fuerte todavía. Nos levantamos a mirar por las cortinas, pero Cecile salió de la cocina.

—Vuelvan al cuarto. Ya.

Y lo hicimos. Pero yo había llegado a entrever algo por la cortina. Había visto a tres personas en ropa oscura con afros.

Por el pueblo

Allá en Brooklyn, éramos espías disciplinadas. Apretuja-
das y con las orejas pegadas a la puerta, la pared o el aire,
usábamos señales de manos y gesticulábamos las palabras
en lugar de murmurarlas. Si era necesario, podía callar a
mis hermanas con una mirada o detener su risita nerviosa.
Uno no puede reírse nerviosamente y ser espía.

Fue pegando las orejas al aire que escuchamos a Pa
decir:

—No, Ma. Tienen que conocerla y ella tiene que cono-
cerlas a ellas. Van en avión a Oakland. Es definitivo. —Nos
dio trabajo no darnos por enteradas cuando Pa nos sentó
a hablarnos la mañana siguiente.

La llamada a la puerta, Cecile ordenándonos que nos

escondiéramos en nuestra habitación y el eliminar cualquier prueba de que estábamos allí no era la forma de actuar de una madre. Era la forma de actuar de una agente secreta. O de una fugitiva de la justicia. Alguien que no abre la puerta de par en par como hace Ma Grande cuando suena el timbre. Sus acciones eran las de alguien que viste sombreros, pañuelos y gafas de sol para que no la reconozcan. Como el tipo de la cabina telefónica. Alguien que evidentemente se esconde.

Una vez más nos colocamos en nuestras posiciones de espiar, buscando un ángulo que nos permitiera ver por la puerta entrecerrada mientras pegábamos la oreja al aire. Desde allí pudimos ver partes de las tres figuras que entraron a casa de Cecile. Todas vestían ropa oscura. Una tenía una chaqueta negra y una boina negra. Las otras dos figuras, camisetas negras y boinas negras sobre el afro. Acompasamos la respiración alborotada para tratar de escuchar.

Poco después de saludarse unos a otros, la conversación se convirtió en discusión. Eran sus voces, las de los tres en contra de la de ella. Se oía algo así:

—Aprovechar el momento.

—Por el pueblo.

—El momento es ahora.

Mientras que ella decía:

—Yo...

—Mi...

—No…

—No…

Luego cada uno de ellos soltaba:

—El pueblo…

—El pueblo…

—El pueblo…

Y ella respondía:

—Mi arte.

—Mi trabajo.

—Mi tiempo. Mis materiales. Mi imprenta.

—Yo. Mi. No. No.

Estaba segura de que eran Panteras Negras. Última-
mente aparecían mucho en las noticias. En la TV, los
Panteras decían que estaban en las comunidades pro-
tegiendo a la gente negra de los poderosos, facilitando
cosas como alimentos, ropa y ayuda médica, y luchando
contra el racismo. Aun así, la mayor parte de la gente le
temía a los Panteras Negras porque llevaban rifles y gritaban "Poder Negro". De lo que pude ver, estos tres no
tenían rifles, y Cecile no parecía tener miedo. Solo parecía
molesta porque querían sus cosas y ella no quería darlas.
Ma Grande había dicho que Dios no había hecho a una
criatura más egoísta que Cecile. Por lo menos era así con
todos, no solo con nosotras.

   —El papel cuesta. La tinta cuesta. Mi imprenta cuesta.
Mi trabajo cuesta —dijo Cecile.

   Uno de ellos respondió:

—La lucha nos cuesta a todos, hermana Inzilla. A Eldridge Cleaver le ha costado. A Huey Newton le ha costado. A H. Rap Brown le ha costado. A Muhammad Ali le ha costado.

Supe que se refería a ella, Cecile, cuando dijo Inzilla. No conocía algunos de esos otros nombres. Solo Huey Newton, el líder de los Panteras Negras, y Muhammad Ali, quien solía ser Cassius Clay. Supuse que los otros eran Panteras Negras o personas negras que estaban en prisión. Sabía que Ali se había negado a ir a Vietnam, como tío Darnell. Pero todavía no entendía qué tenía que ver nada de eso con Cecile.

—Por eso todos tenemos que contribuir a la causa —dijo otro de ellos.

La tercera voz añadió:

—Como dijo Huey: "Todos debemos llevar el peso, y los que tienen habilidades extremas tendrán que llevar cargas extremas".

Se lanzaron palabras de uno y otro lado. Palabras largas, desconocidas, que terminaban en -ción, -ismo y -ático, y hubo más discusión sobre "el pueblo", para completar, como cuando Ma Grande añade una pizca de sal a la mezcla del bizcocho.

No solo hablaban. Los tres Panteras Negras estaban poniendo las cosas claras. Diciendo las cosas como son, como si hablar fuera su arma. Sus palabras en contra de las de ella. Las de ella bajando, las de ellos subiendo.

Cuando la voz de ella bajó a su límite, dio con el pie contra el piso y dijo:

—Está bien. Está bien. Pero tienen que ocuparse de mis hijas. —Y poco después, se fueron.

Nos retiramos de la puerta y saltamos sobre la cama más alta. Esta era la parte que venía después de la misión de espías. Juntar lo que habíamos aprendido.

Vonetta preguntó: —¿Nos va a regalar?

Y luego Fern: —¿A esa gente?

Dije que no con la cabeza.

—Ella no podría explicarle eso a papá.

—O a Ma Grande —dijo Fern.

—¿Y quién era esa gente? —demandó Vonetta.

—Con la ropa negra.

—Que le decían que tenía que cargar el peso.

—Hablando, hablando, hablando sin parar —dijo Fern.

—Son Panteras Negras. Probablemente es de ellos que huye ella.

Vonetta preguntó: —¿Quiénes son los Panteras Negras?

—Tú sabes. Como el hermano de Frieda.

Hice el gesto del poder negro con el puño. Solo Ma Grande y yo vemos las noticias. A Ma Grande le gusta saber de todos los problemas del mundo. No es que en realidad le guste. Solo necesita saber acerca de todo y hablar sobre ello. Como Pa trabaja todo el día y está cansado por la noche, Ma Grande me da sus opiniones mientras yo lavo los platos. Sobre lo que sea. El presidente LBJ. Ho Chi

Minh en Vietnam del Norte. El funeral de Martin Luther King. El funeral de Bobby Kennedy. El próximo marido de Elizabeth Taylor. Los Panteras Negras. Todo tiene interés para Ma Grande.

—Tiene algo que ver con el papel de Cecile —dije.

—Y la tinta —dijo Vonetta.

—Y el pueblo —dijo Fern.

No podíamos imaginar qué vinculaba esas tres cosas. Entonces Vonetta sugirió:

—Quizás quieren que escriba un poema.

—Sobre el pueblo —dijo Fern.

—Con sus papeles y tintas especiales —dijo Vonetta.

Pa nos había dicho que Cecile escribía poemas, pero yo lo sabía ya por los recuerdos fugaces de Cecile canturreando palabras, marcando el ritmo con el lápiz y luego escribiendo. Y el tío Darnell había dicho que yo siempre estaba ahí, calladita en la cocina mientras ella canturreaba, marcaba el ritmo y escribía. Me venían esas imágenes fugaces, pero en pedazos.

Vonetta preguntó:

—¿Pueden obligarte a escribir poemas? —Entonces alteró la voz para que sonara profunda, como la de un hombre—. Más vale que escribas un poema sobre el pueblo, o si no…

Fern y yo nos reímos. A ella le encantaba entretenernos.

—No mandan a los Panteras Negras a tu casa a obligarte a escribir un poema —respondí.

Los ojos de Vonetta se encendieron como los de una zorra. Había tenido una idea.

—Cecile imprime su propio dinero. ¿Cómo crees que consiguió esta casa? Cecile imprime el dinero en la cocina. Por eso no podemos entrar ahí y por eso no nos hizo pollo frito.

—O pudín.

Negué con la cabeza.

—Con todo el dinero que hubiese tenido que imprimir para comprar esta casa, el FBI la habría encontrado y mandado a la cárcel.

—¡La cárcel! —Eso hizo reír a Fern.

Entonces ella y Vonetta comenzaron a cantar y bailar: "Con una mano aquí, te sacudes bien así. Bailando el Hokey Pockey, y das la vuelta. ¡Sí!".

El vaso de agua

Si hubiésemos estado en casa con Pa y Ma Grande, hace
una hora y cinco minutos que habríamos estado bañadas
y en la cama. Pero no estábamos en Brooklyn. Estábamos
en Oakland con Cecile.

Miré mi confiable Timex. No me enojé porque Vonetta
recibió el Timex con la correa rosada y lo perdió, mientras
que el mío es marrón sin adornos y todavía lo llevo en la
muñeca. Mi correa de cuero marrón está perfectamente
bien. Es el reloj lo que importa, después de todo. Puedo
contar con él para mantener las cosas funcionando pun-
tualmente.

Su esfera a prueba de agua me dijo lo que necesitaba saber a las nueve y treinta y cinco de la noche. Que

tomaba tres minutos hacer la cantidad justa de espuma con agua tibia y un poco de detergente en polvo Tide. Quince minutos era tiempo suficiente para que la mugre del día cayera al fondo de la bañera, mientras Vonetta y Fern se hacían barbas y peinados con la espuma una a la otra. Pero si les daba un minuto más, terminaría sacando a Fern de encima de Vonetta y secando el agua que había salpicado las losas del baño.

Después que metí a mis hermanas al baño y las sequé y les puse loción, me metí a la bañera yo. Coloqué mi reloj en el borde de porcelana para estar pendiente de mis doce minutos en la bañera. El reloj puede que fuera a prueba de agua, pero la correa de cuero marrón no se llevaba bien con el jabón y el agua caliente. El agua de la bañera hacía que la piel de la correa se sintiera dura y húmeda en mi piel. Siempre me lo quitaba.

No fue hasta que me senté en la bañera que deseé que mi Timex no fuera tan de fiar o que su tictac no fuera tan constante. ¡Cuánto deseaba que el minutero fuera más despacio y me diera tiempo para un buen baño bien largo! No importa lo que yo quisiera; no podía dejar a Vonetta y a Fern solas a que decidieran quién iba a dormir en cuál esquina de la cama. Si me quedaba tres minutos más en la bañera, me iba a arrepentir. Me ceñí al horario.

Teníamos nuestros camisones de verano. Vonetta y Fern estaban acostadas una al lado de la otra, con los codos apoyados en la cama más alta, mientras que yo estaba sentada en la más baja. Los párpados de Fern empezaron a hacerse pesados. Aun así, bostezó y pidió un cuento.

Abrí *Peter Pan,* uno de los libros que había tomado prestado de la biblioteca por dos semanas antes de salir de Brooklyn. Había hecho el cálculo y contado las páginas que iba a leer cada noche, dividiendo eso entre veintiocho días. Tenía dos dólares y ochenta centavos en mi gaveta en casa para pagar por los cargos por demora de las dos semanas adicionales cuando regresáramos a Brooklyn.

Este *Peter Pan* era mejor que el libro *Peter Pan* de colorear que teníamos en casa. Era un libro de verdad, grueso, con más de cien páginas de aventuras. Vonetta y Fern no tardaron en caer bajo el hechizo de Peter y Wendy volando como las hadas, y se rindieron tres páginas antes de lo que yo había calculado. Puse el marcador de libros —un posavasos del avión— en el lugar apropiado y arropé a mis hermanas con la manta.

Tan sigilosa como una espía, abrí mi maleta y saqué mi copia prestada de *La isla de los delfines azules.* Apagué la lámpara de cuello de ganso y me senté en el pasillo, donde entraba la luz de la sala. Cecile estaba en la cocina haciendo lo que fuera que hacía allí.

Me quedé dormida con el libro en la falda. Me despertó un ruido sordo. A través de ojos nublados y soñolientos reconocí la parte de atrás del camisón de volantes de Fern. Sus talones se dirigían a la cocina de Cecile. Me remecí para despertarme y me puse de pie de un salto. Estaba tan segura de que Cecile estaba loca y de que no era maternal, como de que tenía que detener a Fern.

Era demasiado tarde. No llegué a agarrar el camisón de Fern a tiempo. Cecile estaba ahí, haciendo guardia a lo que fuera que escondía en la cocina.

Con voz dulce y soñolienta, Fern preguntó: —¿Me puedes dar un vaso de agua?

Papá nunca podía decirle que no a Fern. Eso se lo dejaba a Ma Grande, a Vonetta y a mí. Pero Cecile le dijo:

—Toma agua del grifo del baño.

—Es asquerosa —dijo Fern.

—Entonces, no tienes sed, Chiquita.

—No soy Chiquita. Soy Fern.

—Ella no quiso... —Mi boca corrió a defender a Fern, pero la mano alzada de Cecile me detuvo. Entendí el mensaje y ella bajó su señal de "pare".

—Vamos a dejar algo claro, Chiquita. Nadie va a entrar a mi cocina.

Cuesta creer que la última vez que se vieron, Fern era una hogaza de pan en los brazos de Cecile. Así fue como me lo contó el tío Darnell. Hasta recuerdo algunas partes. Que Cecile había amamantado a Fern, la había hecho eructar y la había colocado en su cuna antes de abandonarnos. Es curioso que Cecile por lo menos pensó en darle a Fern un último sorbo, pero como quiera dejó a Fern deseando su leche. Ahora estaban de pie una ante la otra: Cecile altísima frente a Fern con los brazos cruzados, y Fern mirando hacia arriba a Cecile. Fern hizo puños con las manos y se pegó con ellos en los lados como suele hacer antes de saltarle encima a Vonetta.

Agarré uno de los puños de Fern con mi mano y lo abrí. Entonces usé mi voz de "hablar con gente blanca" y dije:

—¿Podrías conseguirle un vaso de agua fría?

Estoy acostumbrada a hacer lo que es difícil. Como tres días de tareas escolares en una noche para ponerme al día por haber faltado a la escuela por enfermedad. Como cuarenta y seis lagartijas en sesenta segundos para ganarle una apuesta a un niño. Como hablarles con dureza a Vonetta y Fern para que se traguen una cucharada cada una de jarabe de pino duro para la tos. Pero decir "por favor" sin decirlo en realidad a alguien a quien no quieres decir "por favor" en primer lugar es lo más difícil de todo.

Cuando Cecile levantó la mano, empujé a Fern hacia atrás porque no sabía si había levantado la mano solo para apuntar a Fern. Todavía no conocía a Cecile. No sabía cuán malvada era o cuán loca estaba.

Dijo: "Quédense aquí". Luego reculó hacia la cocina, murmurando: "No le pedí a nadie que las mandara aquí, no señor".

Escuché un crujido con el vaivén de la puerta al abrir y cerrar. Como si fuera el crujir de las hojas en otoño. Miré hacia arriba a tiempo para ver alas blancas que colgaban de arriba en el instante en que la puerta estuvo abierta.

Para los chicos normales de mi salón de clases, eso hubiera parecido una locura. Alas blancas colgando en la cocina. Pero recordé cosas extrañas que hicieron que se rieran de mí en la escuela. Cosas sobre Cecile. Había sido tan tonta como para dar a conocer hechos sobre mi madre en los ejercicios de oratoria en clase. "Mi mamá escribe en las cajas de cereal y en la pared", dije con mucho orgullo en segundo grado. Y esto, las alas blancas que colgaban en su casa, no era nada extraño. Era casi lo que me esperaba. No quisiera pensar que nos había abandonado para vivir una vida normal, horneando galletitas y friendo chuletas de cerdo.

Escuché el grifo del fregadero abierto a todo dar y algo que abrió y cerró de golpe. Metal chocando con el mostrador quizás. Crujidos y sacudidas. El crujido del hielo en una bandeja de metal. De nuevo abrir y cerrar de golpe. Fern se aferró a mi lado y después poco a poco se colocó detrás.

Cecile salió con el vaso extra que nos había dado Ming la Malvada. Al ver a Fern escondida detrás de mí, dijo:

—Ya es muy tarde para eso. Tómalo.

Fern se quedó quieta, así que yo fui a agarrar el vaso. Cecile se echó hacia atrás y se le derramaron unas gotas de agua en los pies.

—Chiquita, si quieres esto mejor es que lo agarres.

Fern cerró los puños detrás de su camisón y de nuevo traté de agarrar el vaso, pero Cecile me dio una mirada como diciendo, *Niña, te voy a tumbar*.

Fern salió de detrás de mí y tomó el vaso de la mano de Cecile.

—No soy Chiquita. Soy Fern.

—Pues mejor que te tomes este vaso de agua helada, Chiquita. Hasta la última gota.

Fern se la tomó toda sin parar. Probablemente para demostrar que podía hacerlo. Probablemente para no estar de pie junto a Cecile más tiempo del que fuera necesario. Entonces me entregó el vaso con hielo y yo se lo devolví a Cecile.

No importa las veces que Ma Grande lo dijera, nunca lo creí en realidad. Que nadie, ni siquiera Cecile, podía ser tan egoísta o tenía que salirse siempre con la suya como para dejar a Pa, a Vonetta, a Fern y a mí por una tontería como un nombre. Que Cecile se fue porque Pa no le permitió escoger el nombre de Fern. Pero lo vi y lo escuché con mis ojos y oídos. Se negó a llamar a Fern por su nombre, y eso quería decir que Ma Grande tenía razón acerca de Cecile.

Inseparables

—Si quieren desayuno, vayan al Centro del Pueblo.

Todas dijimos a la vez: —¿El Centro del Pueblo?

Sin movérsele un pelo, Cecile respondió:

—Al lado de la biblioteca, en la calle Adeline. Caminen hasta que vean una fila de niños y viejos.

—¿No vas a llevarnos?

No quise que saliera como pregunta y me molesté conmigo misma por preguntar en lugar de afirmar.

—No me necesitan para caminar una calle. El parque está del otro lado. Pueden correr por allí después de desayunar o quedarse para las actividades del Centro. A mí me da igual.

Cecile me apuntó con una pluma fuente. Tenía otras

dos metidas en el pelo.

—Tú eres la mayor. Puedes leer los rótulos de las calles.

Vonetta, indignada, saltó:

—Yo también puedo leer los rótulos de las calles.

—Y yo.

En lugar de decir "No pregunté eso" como yo me esperaba, Cecile se dio una palmada en el muslo y dijo:

—Entonces, está decidido. Salgan por la puerta, atravie-
sen la calle y caminen una cuadra hasta llegar a la calle
Adeline. Si pueden leer, no pueden dejar de ver la *A* de
"Adeline". Viren a la izquierda. Sigan caminando hasta
que vean la biblioteca. El Centro está en la misma cuadra.
No pueden perderse. Verán un montón de gente negra
vestida de negro hablando de la revolución y una fila de
niñitos negros hambrientos.

Entonces se desconectó de nosotras, dio unos golpecitos a su pluma fuente y repitió: "Gente negra vestida de
negro hablando de la revolución".

En Brooklyn teníamos Panteras Negras. Teníamos pas-
quines de los Panteras grapados a los postes de teléfono
que decían APROVECHA EL MOMENTO. Solo que nunca tuvimos Panteras Negras caminando por la calle Herkimer,
tocando a la puerta y exigiendo que colaboráramos con la
causa ni llamándonos por un nombre de hermana no sé
cuánto que nunca habíamos escuchado.

Ni mis hermanas ni yo dimos un paso hacia la puerta.
No podíamos creer lo que habíamos oído. La loca de

nuestra madre nos mandaba afuera a buscar a militantes desconocidos si queríamos comer.

Dijo: "Esperen". Confiaba en que hubiese cambiado de parecer sobre nosotras ir al Centro del Pueblo. Fue a la cocina y salió con una caja de cartón, un poco más pequeña que la caja de las botas de trabajo de papá.

—Tomen —dijo—. Lleven esto al Centro del Pueblo y se lo dan a los Panteras. Díganles que es de parte de Inzilla.

—Eso es lo que pensé que dijo. Inzilla.

Me puso la caja en las manos.

—¿A quién…

—Solo busca a alguien con boina negra. Cualquiera que tenga boina negra está bien. Asegúrate de decirles que yo contribuí con la causa. Tú diles: "No vengan a mi casa a pedir materiales".

Yo sabía que no iba a decirle a ningún Pantera Negra lo que Cecile había dicho. Que ella había contribuido con la causa y que no vinieran a su casa a pedirle sus cosas. Yo solo tomé la caja y asentí, porque así es que uno trata a la gente loca. Uno asiente y va contando los veintisiete días que faltan para que la locura termine.

Vonetta y Fern me miraron buscando qué hacer, y Cecile se dio cuenta. No hubo sonrisa en sus labios, pero a sus ojos les pareció divertido que ellas siempre me miraran a mí primero.

—Vamos —dije—. Vamos a desayunar.

Estábamos por salir, pero Fern se detuvo de repente.

Los ojos se le salieron de las órbitas y las manos se le convirtieron en puños.

—¡Esperen! ¡Esperen!

Vonetta y yo esperamos en lo que ella corría al cuarto de atrás, dando pisadas como de búfalo. No me molestaron los pisotones de Fern, porque a Cecile le molestaba que su casa hubiera sido invadida por nuestras bocas, deseos y pies. Se lo merecía.

Vonetta y yo sabíamos por qué Fern había corrido al cuarto de atrás. Habíamos visto esto durante años. Fern regresó arrastrando a Miss Patty Cake. A juzgar por su mirada de grima, pienso que Cecile habría escupido el piso si no hubiese tenido que limpiarlo después.

—¿No eres demasiado grande para ir arrastrando eso?

En lo que a mí respecta, Cecile no tenía nada que decir sobre Fern y Miss Patty Cake. Miss Patty Cake estuvo presente cuando Cecile no estuvo.

Entonces sonreí. Había entendido que Fern y Miss Patty Cake eran como esa canción de Nat King Cole, "Inolvidable". Cuando por primera vez escuché su voz aterciopelada cantar "Como una canción de amor que se aferra a mí", supe que Miss Patty Cake era como esa canción de amor para Fern.

Cecile pensaba que Fern sucumbiría a la vergüenza de una niña de siete años. Como Fern no contestó, preguntó otra vez:

—¿No eres demasiado grande para eso?

Fern remeció cuatro trenzas y cuatro hebillas y dijo "No", deleitándose de responder que no porque sí. No, porque Cecile no tenía los abrazos y besos que Fern esperaba. No, porque Cecile no saltó de inmediato a buscar aquel vaso de agua fría. No, porque Cecile todavía no había llamado a Fern por su nombre, Fern.

Vonetta refunfuñó. Ya ella había defendido a Miss Patty Cake ante suficientes difamadores. Yo también la había defendido mucho, pero ¿y qué? Era por Fern y su muñeca. Excepto en la escuela y la iglesia, Fern y Miss Patty Cake habían sido inseparables desde que Fern, o cualquier otro, pudiera recordar.

Cecile temblaba como si le hubiéramos provocado escalofríos. Probablemente se preguntaba: *¿Quiénes son estas niñas?*

No valía la pena quedarse esperando una larga despedida y una lista de las cosas que debíamos hacer y de las que no debíamos hacer. No nos estábamos separando de Ma Grande. Nos estábamos separando de Cecile con su cocina y su palmera. Y cuando yo pensaba que habíamos dado nosotras el último golpe al virarnos para irnos, Cecile anunció:

—No se maten por volver acá. Quédense por ahí hasta que anochezca.

Caminamos por la calle como un triángulo en movimiento. Yo, al frente; Vonetta y Fern con Miss Patty Cake, detrás de mí, una a cada lado.

—Quiero regresar a casa.

—Yo también.

Yo entendí de cuál casa hablaban.

—Regresaremos a casa dentro de veintisiete días —dije.

—Vamos a llamar a papá —dijo Vonetta.

—Y a Ma Grande.

—Todavía no —respondí—. Ma Grande no se ha repuesto de la llamada por cobrar de ayer. Tenemos que reunir suficientes monedas de diez para hacer una llamada de verdad al otro extremo del país.

Vonetta afirmó:

—Debemos llamar a papá. Decirle que es malvada.

—Y que no nos quiere.

—Y que no cocina ni nos deja entrar en la cocina.

—A buscar un vaso de agua fría.

—En su cocina.

—En su casa.

—Llamaremos. Solo que no todavía —dije.

Vonetta continuó: —Si Ma Grande llegara a saber…

—Y papá.

—Vendrían aquí a buscarnos rápido como un rayo.

—Sí. Como un rayo.

—Vamos a necesitar muchas monedas —concluí.

El PROGRama de desayuNO

Encontramos el Centro del Pueblo, tal como había dicho Cecile. Una fila de niños hambrientos esperaba el desayuno, pero no todos eran negros. Había adolescentes mayorcitos vestidos con ropa sobre todo negra, y el pelo peinado en afro, apostados como soldados vigilando el exterior. Esto no parecía muy necesario en vista de que una patrulla blanca y negra de policía continuamente daba vueltas a la cuadra.

Vonetta ya sonreía y le mostraba a cualquiera que mirara en su dirección que valía la pena sonreírle a ella. Había seleccionado a tres niñas que se parecían lo suficiente como para ser hermanas, todas ellas tan corpulentas como flacas éramos nosotras. Llevaban botas blancas y vestidos de margaritas y mangas acampanadas. Podían haber ido camino a un baile gogó, no a un desayuno gratis.

Mantuve a Fern cerca de mí y mis brazos cruzados frente al pecho. Estaba aquí para asegurarme de que mis hermanas y yo comiéramos el desayuno y nos mantuviéramos alejadas de Cecile. Si Vonetta quería que le hirieran los sentimientos persiguiendo sonrisas y botas gogó, eso era asunto de ella.

Los Panteras abrieron las puertas y entramos en fila, una detrás de la otra, pero manteniéndonos juntas. Una vez adentro, hice lo que dijo Cecile. Le entregué la caja al primer Pantera Negra que vi y le dije: "Esto es de parte de Cecile". No la iba a llamar por un nombre que yo no conocía ni a decirles que la dejaran en paz. El Pantera Negra abrió la caja. Tomó una hoja de una pila de papeles —una hoja suelta con una pantera negra agachada y algo escrito— y la levantó en el aire para examinarla. Asintió y dijo: "Gracias, hermana" y se llevó la caja.

Las tres niñas con los vestidos de flores estaban en la fila mirándonos. Vonetta intentó llevarme hacia ellas, pero yo no quise perseguirlas. Sus vestidos eran lindos y parecían nuevos. Nosotras teníamos pantalones cortos y tops de sol, aunque Oakland no era tan soleado como pensamos que sería California. Nos pusimos en fila detrás de unos puertorriqueños que no parecían puertorriqueños pero que hablaban español. Después recordé lo que habíamos estudiado sobre los cincuenta estados.

Probablemente eran mexicanos.

Pensé que los Panteras Negras se preocuparían solo de la gente negra, pero ahí estaban dos mexicanos, un nene blanco y un nene que parecía negro y también chino. Todos los demás eran negros. Nunca había visto en los noticiarios a los Panteras Negras haciendo desayuno. Pero claro, batir huevos nunca es noticia.

Cuando estábamos en fila, un individuo que debió haber seguido caminando se detuvo justo frente a nosotras. Cruzó los brazos y miró hacia abajo a Fern.

Reconocí la nariz de águila en aquella cara chupada. Era el que estaba en la cabina de teléfono, que nos había dado la espalda, como si no quisiera que lo vieran. Pudo haber sido uno de los que vinieron con boina negra y afro a tocar la puerta de Cecile anoche. Ahora estaba de pie frente a Fern, con las piernas separadas y los brazos cruzados.

—Qué anda mal aquí —afirmó, en lugar de preguntar. Él sabía la respuesta, claro. Yo soy bastante buena descifrando caras.

No tenía una chaqueta de cuero, pero era uno de ellos. En la camiseta negra tenía un cerdo blanco muerto rodeado de moscas y las palabras MUERTE AL CERDO en letras blancas. Lucía un afro grande pero suelto, porque tenía el pelo un poco ralo. Ralo como el de Lucy Raleigh, que en el cuarto grado se las daba de ser parte indígena chickasaw, pero en quinto ya cantaba "Soy negra y estoy orgullosa de serlo" a todo pulmón. La popular canción de James Brown lo convirtió en lo que había que hacer.

El hombre de nariz de águila y afro ralo no era mayor como papá o como Cecile. Probablemente tendría diecinueve o veinte años, pero se daba tremenda importancia. Estaba montando un show para todos los otros que tenían boina negra.

Cuando ninguna de nosotras respondió, él nos apuntó con el dedo y volvió a hacer la pregunta cuya contestación ya sabía:

—¿Qué anda mal aquí?

Fern lo apuntó a él y dijo:

—No sé. ¿Qué anda mal aquí?

Los otros Panteras Negras se rieron y le dijeron a Fern, "Eso es, hermanita. Date a respetar". Y chocaron palmas y dijeron cosas como "Estas son de la hermana Inzilla, sin duda. Mírenlas".

El hombre de nariz de águila intentó salir de su humillación, sacudírsela.

—Hermanita, ¿tú eres blanca o negra?

—Yo soy de color —dijo Fern.

A él no le gustó lo de "de color", y dijo:

—Negra.

Fern contestó:

—De color.

—Negra.

Vonetta y yo gritamos "de color" como si estuviésemos

disparando tiros en Coney Island. Si una de nosotras decía "de color", todas decíamos "de color". A menos que estuviésemos peleando entre nosotras.

—Está bien, nenas de "color" —dijo Nariz de Águila—. ¿Por qué cargas ese autodesprecio en tus brazos?

Una adolescente de más edad, con una camiseta de la Universidad Estatal de California dijo:

—Kelvin, estás loco. Deja en paz a esas nenas de color.

Nariz-de-Águila-Pelo-Ralo Kelvin parecía muy satisfecho consigo mismo.

—Eso no es autodesprecio —dije—. Es su muñeca.

—Sí. Una bebé muñeca.

—Miss Patty Cake.

A pesar de que la chica universitaria y los otros Panteras Negras habían dicho que dejara a esas niñas en paz, él continuó.

—¿Tus ojos son azules como los de ella? ¿Tu pelo es rubio como el de ella? ¿Es tu piel blanca como la de ella?

La chica dijo de nuevo:

—Loco Kelvin, ya basta. Basta.

El Loco Kelvin se dirigió a una señora que vestía un traje de estampado africano y un paño en combinación atado alrededor de la cabeza.

—Hermana Mukumbu. Nuestras niñas "de color" necesitan reeducarse. —Y se alejó, con un andar de chulo, como diciendo: *¿Y qué piensas de mí ahora?*

La hermana Mukumbu solo se sonrió con él, como si

no se tomara al Loco Kelvin en serio. Ella y la universitaria intercambiaron una mirada.

La universitaria se dirigió a mí y dijo:

—No le hagas caso al Loco Kelvin. Así le decimos. Es un poco extravagante.

A causa de todo eso, los huevos estaban fríos, pero nos los comimos, junto con la tostada con mantequilla y los gajos de naranja. Era mejor que comer sándwiches de aire en casa de Cecile.

Fern abrazó a Miss Patty Cake, pero no llegó a ponerle un pedazo de tostada en los labios, como habría hecho en casa. Aun así, los otros niños se rieron de ella y la llamaron adoradora de bebés blancos y niñata, excepto por el chico que parecía chino y también de color. Les dije que se callaran. Y eso iba para las tres hermanas de los vestidos de flores. Hasta para la más alta. Nadie podía llamar a Fern adoradora de bebés blancos, aunque Miss Patty Cake era una bebé blanca y Fern la adoraba. Nadie podía llamar a Fern una niñata excepto Vonetta y yo. Vonetta se comió su tostada en silencio. Le habíamos costado a Vonetta sus amistades del verano con las botas blancas gogó y los vestidos a la moda. Pero no me importaba. Fern podía querer a Miss Patty Cake todo lo que quisiera. Por mi parte, podían decir que éramos negras por fuera y blancas por dentro como las galletitas Oreo de lo poco que

72

me importaba el tema de las nenas negras y las nenas de color.

Y aunque Cecile no se había molestado en traernos aquí o en defender a Fern, los Panteras Negras habían chocado palmas y habían dicho: "Esas son de la hermana Inzilla, sin duda".

Hasta la Tierra es Revolucionaria

Cuando terminó el desayuno, la mayoría de los niños se fue, excepto por una docena que se quedó, incluidas nosotras. Les dije a mis hermanas que de una vez debíamos quedarnos para el programa de campamento de verano. Cecile había dejado muy claro que no quería vernos pronto, así que le dijimos nuestros nombres a la hermana Mukumbu y las seguimos hasta un salón a ella y a la hermana Pat, la joven con la camiseta de la Universidad Estatal de California.

Me sentía tonta y no me parecía bien llamar a una persona adulta hermano Tal y Tal o hermana Más Cuál, pero gracias a Cecile, ahora teníamos hermanos y hermanas que nunca habíamos visto. Seguro, en Brooklyn decían "mano" y "mana" pero aquí era más una especie de título, no como si estuvieses diciendo "él" o "ella". Por lo que podía ver, ninguno de los adultos en el Centro del Pueblo usaba el señor, señora o señorita. Si Ma Grande hubiese podido ver qué rápido lo aprendido en casa salía volando por la ventana, nos habría montado en el próximo Boeing 727 hacia Nueva York.

Había algo acogedor en la hermana Mukumbu, quien me cayó bien enseguida. Si la hermana Mukumbu nos hubiera recibido en el aeropuerto, nos habríamos sentido bienvenidas cuando se adelantó a reclamarnos. Nos habría envuelto en su vestido africano estampado en verde, púrpura y anaranjado y nos habría pedido perdón por habernos abandonado.

Nos sentamos en una de las dos mesas largas que había. El salón era distinto a todos los que yo había conocido. En lugar de retratos de George Washington, Abraham Lincoln y el presidente Johnson, había un retrato de Huey Newton sentado en una silla grande de mimbre con un rifle a su lado. Colgados por el salón había otros retratos, mayormente de hombres y algunas mujeres negros. Esperaba encontrar la fotografía del Dr. Martin Luther King colgada en la pared, pero quedé decepcionada. Malcolm X y Muhammad Ali fueron las únicas imágenes que pude reconocer. No conocía a ninguna de las mujeres, aunque una de ellas era igualita que Ma Grande. Junto a su retrato estaban las palabras: "Estoy harta de estar harta".

En las paredes había hojas grandes dc papel rayado escrito con la caligrafía nítida de un maestro. El primero decía, "Lo que queremos" en letras verdes. En el otro lado de la pared, otra hoja decía, "En lo que creemos".

A Vonetta no pareció importarle que estuviéramos en una especie de campamento de verano de los Panteras Negras, aprendiendo a convertirnos en Panteras Negras. Tenía la atención fija en las tres hermanas de los vestidos de mangas acampanadas y sus afros redondos y rizados. Sabía que ella me iba a marear de tanto hablar sobre eso más tarde. De que ya era hora de que tuviera un nuevo peinado y de que nuestra ropa era ropa de bebé.

La hermana Mukumbu dijo: —Hirohito Woods.

Un niño de la otra mesa con pelo oscuro y erizado, piel cobriza y ojos rasgados, gruñó. Tendría mi edad.

La hermana Mukumbu sonrió a pesar del gruñido. Le hizo señas de que se acercara a su lado, y sus muchos brazaletes tintinearon al mover la mano.

—Hirohito va a ayudarme en la demostración.

No tuve que voltearme para ver la mueca kilométrica que hizo Vonetta con la boca. Era típico de Vonetta envidiar a otra persona que fuera el centro de atención. Hirohito no parecía encantado. Empujó su silla hacia atrás, haciendo ruido contra el piso, y caminó arrastrando los pies hasta el frente del salón. No fue hasta que vi la parte de atrás de su cabeza erizada que lo reconocí como el conductor de la T voladora que casi nos tumba a todas ayer. Pensé darle un buen puñetazo.

La hermana Mukumbu dijo:

—Yo voy a ser el Sol, e Hirohito va a ser la Tierra.

Se agachó y le susurró algo al oído. Él dio un gran suspiro, como si no quisiera hacer lo que fuera que ella le había dicho que hiciera, pero que él haría de todos modos. El suspiro fue para beneficio nuestro, para que no pareciera que era el favorito de la maestra.

La hermana Mukumbu asintió y dijo con firmeza:

—Ahora, Hirohito.

Él suspiró de nuevo y comenzó a girar despacito, a la vez que iba dando pasos alrededor de la hermana Mukumbu, que estaba quieta y sonriente. Esto era mejor que pegarle un puño en el brazo. Mirarlo dar vueltas y vueltas con su camiseta negra y plateada del equipo de Oakland. Miraba al piso y probablemente se sentía ridículo. Todos los niños del programa, incluidas mis hermanas y yo, nos reímos. A la hermana Mukumbu no le molestó nuestra risa ni los suspiros de Hirohito. Ella dijo:

—La Tierra gira lentamente sobre su eje, a la vez que da vueltas alrededor del Sol. El día no cambiaría a noche si la Tierra no rotara sobre su eje. Las estaciones no cambiarían si la Tierra no diera vueltas alrededor del Sol. Esto significa que la vegetación no crecería, lo que significa que los pobres agricultores no podrían cosechar y los pobres no podrían comer si la Tierra no rotara sobre su eje y diera vueltas alrededor del Sol. Ese cuerpo girando mientras se traslada afecta la vida de todos. ¿Alguien conoce otra palabra para ese girar continuo de la Tierra?

Así fue como me di cuenta de que la hermana Mukumbu era una verdadera maestra, aparte de su sonrisa acogedora y su caligrafía en el pizarrón. Hizo una pregunta de las que hacen las maestras. El tipo de pregunta que dice: Participen.

Gracias al tiempo que había pasado con mi diccionario, tenía varias palabras en mente: *rotación, órbita, giro, dar vueltas en círculo.* Quería participar, pero me sentía ridícula por ser una de las niñas más grandes. No tan ridícula como Hirohito dando vueltas, pero demasiado mayor para alzar la mano y moverla frenéticamente como hacían todos los niños menores que yo a mi alrededor. La hermana mayor de las tres niñas también se quedó quieta. Ella probablemente también sabía, pero dejó a sus hermanas, quienes querían que las llamaran.

Cuando uno de los niños gritó "revolución", la hermana Mukumbu aplaudió. Sus brazaletes tintinearon.

—¡Sí! Todas esas palabras son correctas, pero "revolución" da en el clavo. —La hermana Pat entonces le dio una galletita al niño.

La hermana Mukumbu continuó:

—Revolución. Revolucionario. Vueltas continuas. Hacer que las cosas cambien.

Y la hermana Pat añadió:

—Huey Newton es un revolucionario. Huey produce cambios.

La hermana Mukumbu siguió, diciendo:

—El Che Guevara era un revolucionario. El Che produjo cambios.

Mientras iban nombrando a todos los revolucionarios que habían producido cambios, Hirohito se detuvo. Estiró los brazos hacia el frente, como un Frankenstein mareado, y regresó dando tumbos a su asiento. El chico que se ganó la galletita dijo:

—¡Excelentes giros, bailarín! —Hirohito descansó la cabeza sobre la mesa y cerró los ojos.

Pensé: "Lo tienes bien merecido".

Hermana Mukumbu anunció:

—Hoy vamos a hacer como la Tierra. Daremos vueltas y afectaremos a muchos. Hoy vamos a pensar sobre nuestra participación en la revolución.

Vonetta alzó la mano como un relámpago. Le di una patada debajo de la mesa, pero ella estaba decidida a que todos la miraran, lo que significaba que todos nos miraran. Me olvidé de Hirohito y temí en cambio por lo que iba a decir Vonetta; y, por supuesto, Vonetta dijo:

—No vinimos por la revolución. Vinimos por el desayuno.

Y entonces Fern añadió:

—Y a conocer a nuestra madre en Oakland.

Si las volteretas de Hirohito nos habían hecho reír, la afirmación de Vonetta hizo que todos —excepto mis hermanas y yo, e Hirohito, que todavía estaba mareado— soltaran carcajadas. El grupo de niñas a quienes Vonetta le había estado haciendo guiños eran las de las risotadas más estrepitosas. Hasta la hermana Mukumbu, tomada por sorpresa por los arranques de Vonetta y Fern, se permitió una risita por lo bajo.

Culpé a Vonetta, no a Fern, pues no quería que el mundo entero se enterara de que en realidad no conocíamos a nuestra madre. Fern no habría dicho palabra si Vonetta no hubiese levantado la mano para hablar. Peor todavía, Vonetta acababa de echar a perder mis planes. Yo tenía la esperanza de preguntarle a la hermana Mukumbu acerca del nombre que le daban los Panteras Negras a Cecile y por qué la llamaban así. No sabía exactamente cómo le iba a preguntar, pero algo me hizo pensar que ella sabría y que no me haría sentir mal por preguntar. De seguro no me habría dado la mirada esa de pena, de "pobrecita niña huérfana". O un "¿Ni siquiera sabes el nombre de tu propia madre?" con voz altanera. La hermana Mukumbu me habría dicho la verdad monda y lironda que dicen las maestras.

Entonces Vonetta alzó la mano y abrió la boca y todo el mundo nos miró y se rio de nosotras. Excepto por el niño que estaba demasiado mareado para reír. Yo no iba a añadirle leña al fuego preguntando cosas que debía saber, como el nombre de mi madre.

La loca madre montaña

Después que terminó el programa ese día, nos quedamos afuera hasta lo más tarde que pudimos. A las seis ya teníamos hambre. Le gustara o no, Cecile tenía que permitirnos entrar a su casa de estucado verde. Cuando abrió la puerta, lo único que dijo fue: "¿De regreso?". Entonces colocó el mantel en el piso y trajo de la cocina *lo mein* de camarones y rollitos primavera. Probablemente había ido al negocio de Ming la Malvada mientras estábamos en el Centro del Pueblo.

Nos aseamos y nos sentamos con las piernas cruzadas en el suelo alrededor de la comida. Yo dije la bendición y después pregunté: "¿Por qué los Panteras Negras te llaman Inzilla?". No tenía sentido dejar que la curiosidad me matara. Si había de preguntarle a alguien, ¿por qué no ir de una vez a la montaña? A la loca madre montaña.

Me dio una mirada ausente. Como si hubiese dicho algo malo. Entonces me corrigió.

—Nzila.

En lugar de encoger los hombros, mis hermanas y yo nos miramos una a la otra. Eso no sonaba a Brooklyn ni a Alabama. Probablemente ni siquiera sonaba a Oakland.

En vez de intentar decirlo, pregunté:

—¿Por qué te dicen así?

Mis hermanas continuaron preguntando.

—¿No te llamas Cecile?

—Sí. Cecile.

—Me llamo Nzila —dijo—. Nzila es un nombre de poeta. Mis poemas levantan el polvo de las superficies para hacer caminos claros y verdaderos. Nzila.

La miré fijamente. Una mirada dura y llana. Habría dado lo mismo poner los ojos en blanco. Ella probablemente odiaba que yo tuviera la misma cara llana de mi padre. Que yo era llana de la misma manera que él. Yo no sabía cómo levantar polvo ni hacer caminos claros y verdaderos. Yo sabía peinar cabelleras abundantes con peines calientes y planchar faldas plisadas de lana para la escuela.

Ella comentó: —Quiere decir "el camino", en yoruba.

Sabía que era mejor no poner los ojos en blanco ante la explicación de su supuesto nombre y de dónde ella dijo que provenía. En su lugar, pregunté dónde era tu ruba. Enseguida me contestó que se trataba de un pueblo, una nación. La tierra de nuestros antepasados.

Vonetta preguntó: —¿Quieres decir Prattville, Alabama?

Esta vez no iba a patear a Vonetta. La buena de Vonetta. Prattville era de donde venían papá y Ma Grande. No venían de ninguna ciudad grande como Mobile, Montgomery o Selma, sino de Prattville. Y dicha sea la verdad, mi papá y mi abuela venían de un pueblito al lado de Prattville. Decían que eran de Prattville porque Prattville era más conocido.

Le pregunté: —¿Así que puedes cambiarte el nombre siempre que quieras?

Vonetta:

—¿A lo que quieras?

Fern:

—¿A cualquier nombre que puedas deletrear?

Cecile contestó:

—Es mi nombre. Mi persona. Puedo nombrarme. Y si no soy la que era, sino que soy una persona nueva, ¿por qué habría de llamarme por un nombre viejo?

Entonces argumenté:

—¿Si sigues cambiándote el nombre, ¿cómo va a reconocerte la gente, a ti y a tus poemas? —Cuando mis hermanas y yo hablamos, una detrás de la otra, es como una canción que cantamos, un juego que jugamos. Nunca necesitamos hacernos señales. Simplemente disparamos ra-ta-ta-ta-tat.

Delphine. Vonetta. Fern.

Yo:

—Supón que te haces famosa. Por escribir poemas.

Vonetta:

—Entonces todos saben tu nombre.

Fern:

—Y no te podrías esconder

Ella replicó:

—Mis poemas no son sobre eso. No son poemas que buscan la fama. Son el arte del pueblo. —Aunque ayer no había querido tener nada que ver con "el pueblo".

Dije:

—¿Y si el pueblo pudiese recitar todos tus poemas?

Vonetta:

—Y los leyeran en la radio.

Fern:

—Y te hicieras famosa.

Yo:

—No te podrías esconder entonces.

Fern:

—Sin duda que no.

Y ella rebatió:

—¿Y para quién trabajan ustedes? Yo creo que ustedes todas trabajan encubiertas para la policía . El FBI. El COINTELPRO.

Yo sabía del FBI de los programas de televisión del domingo por la noche y de las noticias, pero ¿quiénes eran el COINTELPRO? Cecile sabía que nos tenía aturdidas y asumió el control de la conversación como si hubiese agarrado la bola y el bate.

—Son muy hábiles, sin duda —dijo—. Los federales contratan a enanos para hacerse pasar por niños. Infiltran las familias con primos desaparecidos hace mucho tiempo que no se parecen en nada a ti, pero tú los recoges porque eso hacemos la gente de color; y antes de que puedas decir "allá en casa", tus parientes desaparecidos están documentando todo lo que haces para sus reuniones semanales secretas con el Jefe.

—Los parientes no delatan a otros parientes.

—No los verdaderos parientes.

—Sin duda que no.

—Eso es lo que ustedes creen —dijo Cecile. Atacó a Vonetta primero porque Vonetta era dependiente de una forma que no lo éramos Fern y yo. Sus ojos estaban como platos y reflejaban temor.

—Te agarran sola. Sola y asustada. Te dicen: "Vonetta Gaither, ¿amas a tu país? ¿Amas a tu padre? ¿A tus hermanas? ¿A tu tío Darnell en Vietnam y a Ma Grande en Brooklyn?

A Fern, le dijo:

—Chiquita, ¿quieres a tu muñequita? ¿Quieres al Capitán Canguro? ¿A tu maestra de kínder, las galletitas y que te cuenten cuentos? Pues, si quieres que todo eso esté seguro, dinos todo lo que sabes sobre la persona llamada

Cecile Johnson, también conocida como tu madre.

Fern dijo que su nombre no era Chiquita. Que ella iba para el segundo grado y que ella veía los dibujos animados del Super Ratón y no el programa del Capitán Canguro.

Antes de que me tocara mi turno, dije:

—A los niños no les preguntan nada. Nadie les hace caso a los niños.

—Si esto fuera la China Roja, sí. El Partido Comunista de la China Roja no juega. Niños más pequeños que Chiquita delatan a su madre y padre por traición para que los Rojos los reeduquen.

—No estamos en la China Roja —le respondí.

A eso solo gruñó, como diciendo "Eso crees tú".

Todos conocen al Rey de los mares

No me importaba el nombre que Cecile le había dado a su nueva persona o cuánto polvo levantaba de los caminos con sus poemas. Ella era Cecile Johnson para mí, y yo no apreciaba su supuesta nueva persona ni su nuevo nombre.

El nombre es importante. No es algo que echas en la basura o en el suelo. Tu nombre es como la gente te conoce. Solo la mención de tu nombre hace que aparezca una imagen en la mente, ya sea la imagen de una pelea a puños o de una montaña poderosa que no es posible derribar. Tu nombre es quién eres y cómo te conocen, hasta cuando haces cosas importantes o cosas estúpidas.

A Cecile no le dio trabajo inventar nuestros nombres. Apuesto a que ella quería que nosotras mantuviéramos nuestros nombres y no que nos deshiciéramos de ellos cuando decidiéramos que ya estábamos hartas de nuestra vieja persona. Según el tío Darnell y Ma Grande, ella tenía un nombre listo para Fern, pero papá dijo: "Ya está bueno de esos nombres diferentes, inventados". Así que Cecile amamantó a Fern, la puso en la cuna, se quedó observándola un rato, y se fue.

Aunque nadie piensa que puedo recordarlo, me acuerdo de una época en que la casa estaba llena de humo. No el humo que te hace toser, sino el humo de una sedosa voz de mujer, con piano, bajo y batería. Todos esos sonidos producían humo. El tío Darnell solía decir: "No es posible que recuerdes eso. Tendrías dos, quizás tres años". Pero lo recuerdo. Todavía veo, escucho y siento pedacitos y destellos. El sonido de humo musical. Mi cabeza sobre la panza de Cecile. El tío Darnell dijo que el "Von" de "Vonetta" venía del "Vaughan" del nombre de la cantante Sarah Vaughan. Y cuando tío ponía los discos que Cecile había dejado —los de piano, bajo, batería y la voz sedosa de Sarah Vaughan— en mi mente, todavía el humo llenaba la casa.

Cecile podía cambiarse el nombre siempre que lloviera, pero yo iba a seguir siendo Delphine. Incluso después de enterarme de la verdad sobre mi nombre. Ni siquiera eso fue suficiente para hacerme cambiar de nombre. El nombre era lo único que no tenía que compartir con nadie en la escuela. En mi clase más reciente, tres Debra, dos Linda, dos James, tres Michael y dos Monique tenían que compartir el nombre. También había un Anthony, cuya mamá sabía deletrear, y un Antnee, cuya mamá no sabía. No era secreto que ellos también compartían el nombre. Si gritabas "Anthony", "Antnee" o "Ant", los dos chicos volteaban la cabeza.

Mi nombre era mío, y no podía imaginar que nadie más lo tuviera en todo Brooklyn. No importa dónde fuéramos: Coney Island, Prospect Park, o la iglesia bautista Shiloh. Solo había una Delphine.

Nunca pensé sobre lo que quería decir Delphine o si significaba algo. Era solo mi nombre. Delphine sonaba a gente grande, como si estuviese esperando a que yo me metiera en él, como una mujer adulta se mete en un abrigo de visón y se pone aretes de rubí. Pensé que como Cecile no tenía un abrigo de visón ni aretes de rubí para darme cuando yo creciera, me había dado un nombre en el que me convertiría. Fue algo que hizo bien Cecile. No había ningún pedazo ni gota de mi nombre que tuviera que compartir con mis hermanas.

Entonces empezó ese programa estúpido de la televisión. El del delfín que les salva la vida a todos y acorrala a los malos hasta que llega el alguacil. A la hora del recreo o en el autobús escolar, particularmente los miércoles, el día después del programa, los niños cantaban "Le llaman Flipper, Flipper, veloz como un rayo" o algo parecido. Entonces empezaban a presionarme para que hablara en delfinés.

Ellis Carter había sido el cantante principal un miércoles particular. Yo le había dado una paliza. Me había asegurado de que fuera una paliza tan inolvidable que quedara grabada en la mente de todos los otros cantantes.

Cuando llegué a casa de la escuela, con los nudillos ardiendo del golpe a la quijada de Ellis Carter, les dije a Vonetta y Fern que se cambiaran de ropa. Que la colgaran con cuidado. Eso me ahorraría tener que plancharla esa noche. Les dije que comenzaran a hacer sus tareas escolares y que yo regresaría en veinte minutos para ayudarlas si era necesario. Le dije a Ma Grande que necesitaba un libro de la biblioteca y que regresaría enseguida. Entonces fui a la biblioteca a averiguar por mí misma. Fui derechita al diccionario más grande que había en la sección de referencia. Era un diccionario tan grande que hacían falta las dos manos para voltear las páginas y que el libro se quedara quieto.

La buena de Merriam Webster. Confiaba en Merriam porque pensé que en lugar de tener hijos que no quería, escribió el diccionario. No tenía nada mejor que hacer, probablemente no tenía hermanos que cuidar, razón por la que conocía todas las palabras del mundo. Ma Grande habría dicho que bien podría Merriam emplearse en algo útil.

Busqué la sección de atrás, después de las letras que empiezan con Z, después de las fases de la luna y del sistema métrico, y llegué finalmente a los nombres de pila.

Pasé varias páginas hasta llegar a los nombres de mujer con D. Entonces pasé con el dedo por "Daisy", "Daphne", "Deanna", "Deborah", "Della", "Delores".

Y ahí estaba. El nombre que yo estaba segura de que Cecile se había inventado mirando fijamente por la ventana mientras un humo musical llenaba la casa. Ahí estaba. En un libro. Dividido en dos sílabas. Deletreado exactamente igual. Ahí estaba. Mi nombre. Delphine.

Mis fosas nasales se abrieron. El ritmo de mi respiración se aceleró. El corazón me latía no solo en el pecho, sino por todo el cuerpo.

Esto lo cambiaba todo. Mi madre no había buscado en su alma poética y había inventado un nombre para mí. Mi madre me había dado un nombre que ya existía, lo que significaba que no me había dado nada. Absolutamente nada.

¿Cómo podía ser, cuando la voz profunda y sedosa de una mujer había plantado el nombre de Vonetta en la mente de Cecile? ¿Cómo podía ser, cuando Cecile se inventó un nombre para Fern tan maravilloso que la idea de no poder dárselo provocó que nos abandonara?

No tuve que preguntar más. La prueba estaba ahí. Yo compartía mi nombre con alguna otra Delphine. Y ella, igual que yo, según la señorita Merriam Webster, llevaba el nombre de un delfín bajo el mar.

Todo este tiempo yo llevaba la cabeza erguida, sintiéndome superior a Ellis, Willy, Robert, James, James, los

Michael, Anthony y Antnee porque eran niños estúpidos. Mis nudillos todavía ardían de golpear a Ellis Carter en la mandíbula, cuando él había estado diciendo la verdad. Me habían puesto el nombre de un delfín. Un gran mamífero parecido a un pez con sonrisa amplia.

Enterarme de toda la verdad sobre mi nombre fue más de lo que pude aguantar. La bibliotecaria se levantó de su escritorio y vino a ponerme un pañuelo de papel en la mano. Ni me había dado cuenta de que había estado dando un gran espectáculo negro, llorando a gritos por una palabra del diccionario.

La semana siguiente, cuando comenzó *Flipper*, me levanté y apagué el televisor. Vonetta y Fern chillaron como cerdos, pero hice lo de siempre: las distraje. Dije: "Esta noche es noche de juegos y galletitas". Saqué un juego de mesa, les serví leche y armé una torre de galletitas Oreo en un plato. No me interesaba volver a ver a ese mamífero sonriente nunca más.

Colorear y la-la

La mañana siguiente, Vonetta, Fern —arrastrando a Miss Patty Cake— y yo salimos de la casa de estucado verde y fuimos al Centro del Pueblo, donde hicimos fila hasta que abrieron las puertas para el desayuno porque Cecile no iba a cocinarnos en su cocina. Mientras comíamos avena caliente y bananos, un camión de una tienda local llegó y descargó hogazas de pan y cajas de jugo de naranja. En pocos minutos el aroma a pan tostado llenaba el Centro del Pueblo y cartoncitos de jugo de naranja aparecieron en nuestras bandejas.

Los jóvenes blancos que entregaron el pan y el jugo de naranja conocían a los Panteras. Se quedaron un rato y conversaron con ellos. No les quité los ojos de encima en ningún momento, esperando a que algo sucediera. Me sentí tonta una vez caí en cuenta de que lo que estaba viendo era a gente hablar y reír. Cuando apareció la hermana Pat con una canasta llena de tostadas, agarré dos pedazos, una para mí y una para Fern. Vonetta, que estaba haciendo amistad con una de las tres hermanas, podía agenciárselas sola.

No era para nada como la televisión mostraba a los militantes. Así llamaban a los Panteras Negras: militantes, que según los periódicos eran gente de puño en alto, boca bien abierta y rifles listos para disparar. Nunca mostraban a nadie como a la hermana Mukumbu o a la hermana Pat, repartiendo tostadas y enseñando en los salones.

Empecé a pensar: este lugar está bien. Vi a los tipos blancos irse sin haber sufrido daños, hasta riéndose. No podía esperar a contarle todo a Ma Grande. Entonces escuché al Loco Kelvin decir, "Es lo menos que esos perros racistas podían hacer", y así como así, arruinó lo que yo pensaba que sabía.

Cuando entramos al salón de clases, vimos que las sillas y las mesas habían sido empujadas hacia un lado del salón. En medio del piso había carteles blancos llenos de líneas que dibujaban el contorno de letras. Nos paramos alrededor de los carteles, como si estuviésemos en tierra firme y los carteles estuviesen flotando en el mar.

La hermana Mukumbu nos hizo señas para que nos acercáramos.

—Hermanas y hermanos, escojan un cartel para colorear. Pueden trabajar solos o con un compañero.

Miré al mar de carteles. Las letras delineadas con marcador negro deletreaban cosas como:

JUSTICIA PARA TODOS

TODO EL PODER PARA EL PUEBLO

RECORDEMOS A LI'L BOBBY

LIBERTAD PARA HUEY

Había visto a Huey Newton en las noticias de por la noche, con su boina negra y sus palabras complicadas. Ma Grande lo llamaba el "agitador principal" porque era el líder de los Panteras Negras. El único Bobby famoso que yo conocía era Bobby Kennedy. Aunque a Bobby Kennedy lo habían matado, no pensé que los Panteras Negras quisieran que recordáramos a Bobby Kennedy. Hablaban de algún otro Bobby. Y me pregunté si lo habían matado como a Bobby Kennedy. ¿Por qué otra razón querría que lo recordáramos si todavía estuviese vivo?

La hermana Mukumbu dijo:

—Ayer aprendimos que *revolución* significa "cambio" y que todos podemos ser revolucionarios. —Mientras hablaba, caminamos con cuidado entre los carteles, escogimos uno y nos sentamos junto a él. La hermana Pat pasó un cubo lleno de marcadores y crayones.

Una parte de mí quería repetir las palabras de Vonetta:

"No vinimos por la revolución. Vinimos por el desayuno". Pero otra parte de mí quería averiguar de qué se trataba todo esto. Esa parte sacó un marcador grueso del cubo. Vonetta y Fern escogieron crayones. Fern tomó un crayón adicional para Miss Patty Cake.

Me decidí por el cartel que decía LIBERTAD PARA HUEY porque no sabía quién era Li'l Bobby. Fern y yo nos agachamos junto a nuestro cartel. Al lado de Fern estaba Miss Patty Cake con sus brazos estirados. Escogí el cartel correcto. Fern pinta en trazos pequeños y lentos. No era necesario escoger el cartel de más letras, porque solo estaríamos pintando ella y yo. En lugar de quedarse con nosotras, Vonetta se fue con la del medio de las chicas Ankton —era ese su apellido, Ankton— y comenzó a colorear con ella y su hermanita menor. No puedo decir que me sorprendió.

Entonces escuché a la del medio de las Ankton decir:

—¿Qué le pasa a tu hermanita?

Vonetta hizo como que no había escuchado y siguió coloreando la P de *Poder*.

—¿Por qué anda por ahí con su muñeca?

Vonetta, que es estridente y exagerada, exagerada y afectada, tuvo que tragarse las palabras.

—Le gusta. Eso es todo—. Ahora se oía apagada y apocada, y se lo tenía bien merecido.

Observé a Fern trazar con su crayón pequeños círculos negros. La escuché cantar "La-la-la" por lo bajo. Reconocí la melodía. Era el "la-la-la" de una canción que solían tocar en la radio. Cuando Brenda and the Tabulations cantaban "Seca tus ojos", mis hermanas y yo imaginábamos que cantaban sobre una madre que había tenido que dejar a sus hijas. Era la única forma en que nos permitíamos echar de menos tener una madre. Brenda and the Tabulations, Vonetta, Fern y yo cantábamos "Seca tus ojos" siempre que el *disc jockey* la tocaba en WWRL. Así que canté la parte de la-la-la con Fern, para crear una pared alrededor nuestro, para mantener a la niña Ankton y su risa afuera.

Todos tenemos una canción la-la-la. Lo que hacemos cuando el mundo no nos canta una tonada bonita. Cantamos nuestra propia tonada bonita para ahogar lo feo. Fern y yo coloreamos y cantamos, pero la chica Ankton del medio estaba decidida a atravesar nuestra pared la-la-la. Ella tenía su propia canción y se aseguró de que la escucháramos.

—Tu hermana es una bebé. Tu hermana es una bebé.

Yo esperaba que Vonetta hiciera lo que siempre hacemos. Pelear. Contestar. Agarrar su crayón y moverse cerca de mí y de Fern.

Vonetta se quedó sentada, hecha un montoncito que lucía cada vez más pequeño, permitiendo que la chica Ankton cantara con alegría: "Tu hermana es una bebé".

Dejé de rellenar "LIBERTAD PARA HUEY". Me di la vuelta y le dije "Cállate" a la amiga de Vonetta.

Ella dejó de cantar. Eso fue todo lo que hizo falta. Y eso

me dio más rabia todavía con Vonetta. Ella podía haber hecho eso mismo por su hermana.

La mayor de las Ankton se levantó de su cartel de JUS-TICIA PARA TODOS y me dijo:

—No puedes decirle a mi hermana que se calle.

—Acabo de hacerlo.

No importaba que era casi tan alta como yo, y que podía haber estado en séptimo grado. Era demasiado tarde para arrepentirme aun cuando quisiera.

La hermana Mukumbu estaba allí y acabó la cosa antes de que se convirtiera en nada que hubiera que detener. Nos recordó que teníamos causas más grandes por las que luchar que pelear una con la otra.

—Hermana Eunice, hermana Delphine: Dense la mano.

Nos dimos la mano de mala gana, y regresamos a nuestros carteles. Me sentía avergonzada, pero no iba a demostrarlo. Todavía estaba demasiado molesta con Vonetta como para estar completamente avergonzada.

En el camino de vuelta a la casa de estucado verde de Cecile, dije:

—Se supone que defiendas a Fern.

—Así es —dijo Fern.

Vonetta respondió:

—Estoy cansada de defender a Fern.

Fern afirmó, solo por contestar:

—Y yo estoy cansada de defenderte a ti.

Vonetta replicó:

—Tú no me defiendes a mí.

—Pues sí.

—Pues no.

—Sí.

—No.

—Sí lo hago.

—¿Cuándo los has hecho?

—Cuando rompiste la tacita azul de té. Pude haberlo contado.

—Gran cosa —dijo Vonetta. Luego añadió la palabra de la niña Ankton para que supiéramos de qué lado estaba ella—. Gran cosa, bebé.

Fern se golpeó con los puños en los costados y estaba a punto de saltarle encima a Vonetta, pero la agarré en el aire.

—Ya basta.

Fern tenía tanta rabia que estaba a punto de llorar.

—Lo voy a contar.

—¿A quién se lo vas a contar? ¿A Cecile? A ella no le importa la taza azul. ¿A Ma Grande? ¿A papá? Están a millas y millas de distancia, y no tenemos suficientes monedas. ¿A quién le vas a contar?

Dije:

—Cállate, Vonetta.

Y se calló. Eso fue todo lo que hizo falta.

Había pensado matar el tiempo jugando en el parque hasta que Cecile nos permitiera entrar a la casa, pero jugar en el parque significaba jugar juntas. Vonetta y Fern no estaban listas para jugar juntas. Tenía que mantener a mis hermanas separadas, así que mejor fuimos a la biblioteca. Vonetta leyó sus libros en una mesa, y Fern y yo leímos *Henry Huggins* en la mesa contigua.

Cuando llegamos a casa de Cecile, pusimos nuestras cosas, entre ellas a Miss Patty Cake, en nuestra habitación. Le pedí a Cecile dinero para comprar comida, y Fern y yo fuimos a recoger *chop suey* donde Ming.

Vonetta no quería ir, dijo. Y con Fern y conmigo no había problema.

Regresamos del negocio de Ming la Malvada, que en realidad no eran tan malvada, pero nos habíamos acostumbrado a llamarla así. Me quedé con las dos monedas de diez centavos del cambio para ahorrar para nuestra llamada telefónica. Estaba segura de que necesitaríamos por lo menos un dólar en menudo. Cecile no echaría de menos dos monedas. Si me las pedía, se las daría, aunque no pensé que las pediría.

Colocamos el mantel en el piso y servimos los platos. Yo dije la bendición y comimos. Vonetta de repente empezó a hablar hasta por los codos durante toda la cena. Pensé que se había cansado de estar alejada de Fern y de mí y que estaba contenta de que estuviéramos todas juntas otra vez. Pero tanta cháchara era demasiado para Cecile, quien le dijo a Vonetta que dejara de alterar el silencio y que el silencio era algo bueno. A lo que Vonetta comenzó a tararear esa canción que tocan en la radio que dice "El silencio es oro, pero mis ojos todavía ven". Cecile no podía entender cómo era posible que Vonetta fuera hija de ella. Antes de que Cecile hiciera alguna locura, fulminé a Vonetta con la mirada y dejó de tararear.

Después de la cena nos dirigimos a nuestra habitación mientras Cecile recogía todo. Esta vez no me importó que no nos permitiera entrar a la cocina, donde sus papeles colgaban como si fueran alas. No me molestaba no tener que lavar los platos o limpiar el piso de la cocina.

En este orden entramos a la habitación: Fern primero, después yo y Vonetta al final. Debí suponer que algo andaba mal por la forma en que Vonetta se quedó rezagada. Fern y yo ponto nos dimos cuenta de por qué.

La parlanchina no había echado de menos a sus hermanas. La parlanchina había estado fraguando una mala pasada. Había un rotulador negro en el piso. Del mismo tipo que yo había usado para colorear "LIBERTAD PARA HUEY".

Vonetta había pintado la cara de Miss Patty Cake con el rotulador, y solo había dejado sin pintar los labios y dos círculos rosados en las mejillas. A decir verdad, Miss Patty Cake no había vuelto a ser tan blanca como el día en que Fern la recibió. Después de mucho morderla, arrastrarla y quererla, Miss Patty Cake terminó siendo grisácea o "de piel clara", como diría Fern. Tal y como estaba, Miss Patty Cake distaba mucho de la muñeca blanco-rosada que había sido.

Fern gritó. Más duro de lo que gritó en la noria de Coney Island. Más duro y por más tiempo de lo que gritó cuando el dentista la pinchó con la aguja de novocaína. Fern hizo puños con las manos. Gritó y lanzó su cuerpo sobre Vonetta como un misil lanzado al espacio. Vonetta y Fern peleaban todo el tiempo, pero no así.

Cecile entró a la habitación y las separó. Fue la primera vez que las tocó.

Se viró hacia mí.

—¿Por qué dejas que peleen así?

No dije nada. Solo quería que entrara aquí y actuara como una madre. Una de verdad.

—Responde, Delphine.

Levanté los hombros y los dejé caer. Esa fue mi respuesta.

—Y tú, Vonetta. ¿Qué es esto? —Le puso a su nieta pintada de negro frente a la cara a Vonetta—. Con razón hablabas hasta por los codos.

A Fern le dijo:

—De todos modos, tú eres demasiado grande para esto.

Pero Cecile no le dio un abrazo a Fern. No se inclinó a secarle las lágrimas. No llamó a Fern por su nombre.

Contar y ojear

Con una barra de jabón Ivory y una de las toallitas de Cecile, restregué toda la tinta negra de Miss Patty Cake. Ma Grande me enseñó a restregar en una tabla de lavar. A no aceptar la mugre, el polvo, ni las manchas en la ropa, el piso, las paredes ni en nosotras mismas. "Restriega como si fueras una muchacha de un poblado con una sola vaca cercano a Prattville, Alabama", me decía, mientras Vonetta y Fern corrían y jugaban. "No podemos permitir que andes pensando en musarañas y escribiendo en las paredes. Eso solo llevará a la ruina".

Agarré las piernitas y bracitos rollizos de Miss Patty Cake. Les caí encima a sus mejillas y frente. Restregué todo el plástico ennegrecido, hasta que la barra de Ivory se redujo a la mitad. Restregué y restregué hasta que me dolieron los nudillos. Me dio mucho trabajo. Cuando Vonetta agarró ese rotulador, estaba decidida a que Miss Patty Cake fuera tan negra y orgullosa de serlo como el Loco Kelvin quería.

No tardé en darme cuenta de que no importaba si restregaba como una muchacha de un poblado con una sola vaca o si cambiaba la barra de Ivory por un detergente más fuerte. Aunque los detergentes fuertes y los estropajos limpiaban la tinta negra del lavamanos del baño, el cuerpo de Miss Patty Cake era otro cantar. El rotulador había penetrado la piel plástica de Miss Patty Cake. Como mucho, el Ajax, el Pine-Sol y el estropajo dejaron a Miss Patty Cake gris, rasguñada y con un olor fuerte. Restregara o no, no había más que yo pudiera hacer. Miss Patty Cake nunca volvería a ser la muñeca de Fern como había sido desde siempre. Le saqué toda el agua que tenía dentro, la sequé y la puse en mi maleta para evitar que Fern viera a su muñeca gris y cenicienta.

Estaba demasiado cansada para intentar que este asunto entre Vonetta y Fern se esfumara. No era precisamente una pelea por quién se queda con el crayón dorado o la última galletita. Sabía que no podía contar con ayuda de Cecile. Agotada, comencé a ver las cosas como las veía Ma Grande. No tenía sentido mandarnos en avión al otro extremo del país para que no tuviésemos el cuidado de una madre.

Me limité a contar los días. Lo mejor que podía hacer era mantener a Vonetta y a Fern separadas. Vonetta se bañaba sola y Fern se bañaba conmigo. Vonetta dormía en la cama de arriba y Fern dormía conmigo en la de abajo.

Fern ya no buscaba su muñeca cuando salíamos de casa de Cecile para ir a desayunar. No diría que Vonetta le hizo ningún favor a Fern, pero quizás las cosas salieron como tenían que salir.

Aun así, Vonetta seguía mostrándose orgullosa y desafiante, y caminaba dos pasos por delante de nosotras y luego nos abandonaba tan pronto sus nuevas amigas, las Ankton, aparecían. Ella y Janice, la Ankton del medio, le tiraban piedritas a Hirohito Woods y discutían por quién lo odiaba más.

A la hora de la merienda, la hermana Pat repartió uvas. Después que comimos, la hermana Mukumbu nos habló sobre las uvas de California que acabábamos de comer y de que los trabajadores migrantes que las habían recogido tenían que luchar por sus derechos.

Creo que la lección no resultó como la hermana Mukumbu la había programado. Todos nos sentimos mal por haber comido las uvas. El salón estaba en silencio. Entonces la hermana Mukumbu anunció que tendríamos tiempo libre durante la siguiente hora. Todos los chicos se volvieron locos con la idea de correr por el parque durante una hora, pero Fern y yo no teníamos ganas de correr con ellos.

La hermana Pat tenía que asistir a clases en su universidad y tuvo que irse. Cuando todos los niños excepto Fern y yo corrieron al parque, le pregunté a la hermana Mukumbu si había alguna tarea que hacer o si necesitaba ayuda en el salón de clases. No era que tuviera deseos de que me hiciera sentir avergonzada, de pie frente al salón y dando vueltas alrededor del sol. Es que me sentía rara, con el Timex marcando las horas y yo sin nada que hacer. Si se me hubiese ocurrido traer mi libro… De nada me servía *La isla de los delfines azules* metido dentro de la funda de mi almohada.

La hermana Mukumbu se puso de pie de inmediato. Sabía exactamente qué me mantendría ocupada hasta que la clase regresara para las manualidades. Nos pidió a Fern y a mí que contáramos los semanarios de los Panteras Negras y los colocáramos en pilas, entrecruzándolos cada cincuenta ejemplares. Dijo que los chicos de más edad los llevarían a las tiendas del área o los venderían. Lo dijo de tal forma que parecía que estábamos prestando un gran servicio porque ayudábamos a los portadores de periódicos a ser más "organizados y responsables". Me dio algo que hacer y a Fern una razón para quedarse conmigo.

Pobre Fern. No se le daba bien contar. Todavía estaba

resentida y desconsolada por lo de Miss Patty Cake. No pasaba de los veinte ejemplares sin perder la cuenta y tenía que volver a empezar, una y otra vez. Mi pila de periódicos crecía mientras que ella todavía no había llegado a contar los primeros cincuenta.

—¿No podríamos ir al parque a jugar? —me preguntó.

Estuve tentada a decirle que podía ir, pero contesté:

—Vamos, Fern. Tenemos que hacer esto. Lo que tienes que hacer es contar diez y colocarlos así. Después cuentas otros diez y los colocas de esta otra forma.

Sentí a la hermana Mukumbu mirando mientras le mostraba a Fern el método.

Una sabe si alguien tiene los ojos puestos en tu espalda, y si es por algo bueno o malo. La sentí mirándonos de una manera buena. Fern no tardó en dominar el método de contar y entrecruzar. Su pila de periódicos empezó a subir. No tan alta como la mía, pero subió. Fern ahora estaba ocupada y no extrañaba a Mis Patty Cake por el momento.

Después de un ratito no sentí más los ojos de la hermana Mukumbu. Debe de haber pensado que estábamos bien y continuó haciendo su propio trabajo.

Como el periódico de los Panteras Negras costaba veinticinco centavos, me dije que solo miraría la portada y la última página mientras los apilaba. Leería lo que pudiera ver. Sabía que, si pasaba la página y leía línea por línea, oficialmente estaría leyendo el periódico de otra persona.

O como Pa lo habría llamado, estaría robando.

Cada cinco ejemplares, le echaba un vistazo a la portada. Caí en un buen ritmo. Contaba y leía unas pocas palabras clave cada vez. Había más gráficas que letras en la portada, así que no podía leer mucho. Una cosa sí era segura. Reconocería a Huey Newton si alguna vez lo veía por la calle. Era imposible no ver a Huey Newton por todas partes en el periódico. Su cara aparecía un poco inclinada en la esquina superior derecha del periódico, como la cara del presidente en el billete de a dólar. Ahora el Pantera Negra estaba en prisión, donde debía estar, según Ma Grande.

Mientras contaba, examiné el retrato de Huey en la esquina, con la boina que le daba un aire *cool* y revolucionario. Abrí rápidamente uno de los periódicos, leí por encima el artículo en ojeadas de cinco segundos cada una, y luego lo cerré. El artículo era sobre Huey hablando acerca de Bobby. También había una foto de personas protestando que quería mirar mejor. Eran personas que llevaban el mismo tipo de carteles que habíamos estado coloreando. Podrían haber sido nuestros carteles. Probablemente éramos parte de una revolución. ¿No sería ese un gran ensayo para clase: "Mi verano revolucionario"?

Quería leer el periódico. No ojearlo. No robarlo. Quería doblar el periódico, sentarme y leer cada palabra.

Debo haber perdido la cuenta. Estaba demasiado ocupada imaginándome a un Pantera Negra cargando nuestro cartel de LIBERTAD PARA HUEY. Demasiado ocupada para darme cuenta de que mi pila ordenada se había convertido en paquetes desiguales de más de cincuenta o menos de cincuenta periódicos.

—Hermana Delphine.

La hermana Mukumbu estaba frente a mí con una sonrisa en la cara.

—¡Rayos! —dijo Fern, porque la voz de la hermana Mukumbu la distrajo y la hizo perder la cuenta. Volvió a empezar a contar.

—¿Sí, hermana Mukumbu? —respondí con voz baja. Ni siquiera la había escuchado levantarse de la silla ni había sentido sus ojos en la espalda. Yo no acostumbraba a quedarme así, perdida.

—¿Quieres leer el periódico?

Y avergonzada. No soy el tipo que se avergüenza. Menos mal que era una maestra y no un chico que pudiera leer los pensamientos que me daban vueltas en la cabeza.

Asentí con los ojos y eso me hizo sentir peor, porque yo no acostumbro a asentir con los ojos.

Saqué las dos monedas de diez del cambio de la cena de anoche.

—Traeré cinco centavos mañana —dije.

Ella sonrió y respondió:

—Veinte centavos es suficiente, hermana Delphine. Tienes derecho a un descuento de empleada.

Me sentía demasiado avergonzada para decir gracias y

asentí de nuevo. Tomé el periódico y lo doblé en dos para leer sobre Huey, Bobby y los manifestantes más tarde.

Ahora, en lugar de tener dos de las diez monedas de diez que necesitábamos para llamar a Pa y a Ma Grande, no teníamos nada. Fern y yo seguimos contando y apilando.

Una S Roja grande

Esa noche Fern se quejó de dolor de estómago. Maulló, y aulló, y dio vueltas en la cama mientras dormía.

—Ve a sentarte en el inodoro —le dije. Se agarró a mí, maullando y aullando. Vonetta gritó:

—Ya basta, Fern. No puedo dormir.

No le presté atención y Fern, tampoco. Si Fern no podía dormir, entonces ninguna de nosotras podía dormir, así que mala suerte para Vonetta y mala suerte para mí. Dejé que Fern siguiera quejándose mientras le sobaba la pancita. Tomó un rato, pero finalmente se durmió.

Antes de salir para el Centro del Pueblo por la mañana, la pedí a Cecile dinero para la cena de la noche. Si yo podía guardar seguros doscientos dólares a lo largo de tres mil millas, también podía guardar seguro un billete de diez durante unas pocas horas. Cecile no hizo preguntas. Solo me dio el billete de diez y una llave para la puerta para no tener que levantarse a abrirnos la puerta. Creo que cualquiera que viniera a la puerta la ponía nerviosa. Hasta cuando comíamos en el piso de la sala, la veía mirar hacia la puerta cuando escuchaba algún ruido. Quizás pensaba que los Panteras iban a regresar a pedirle más tinta y papel.

Me alegré de que Cecile me entregara el dinero sin quejas ni preguntas. Eso evitó que tuviera que mentir y decir que iba a buscar *lo mein* de camarones cuando no tenía ninguna intención de ir al negocio de Ming. Vonetta, Fern y yo nos habíamos comido el último plato de *lo mein* de camarones y rollitos primavera por el resto de nuestro verano de locura. Los camarones y fideos bañados de salsa y los rollitos fritos nos habían pasado factura. Aunque Ming la Malvada no iba a llorar por las tres niñitas de color. Tenía otros clientes a quienes gritarles.

Todo el día, en el Centro del Pueblo, no pude pensar en otra cosa que no fuera una comida casera. Caminamos hasta el supermercado Safeway después de jugar en el parque durante una hora. La lista de compra la llevaba grabada en el cerebro. Agarré un repollo. Diecisiete centavos. Una cebolla. Ocho centavos. Dos papas. Veintitrés centavos. Un paquete de caderas de pollo y uno de alitas. Un dólar y cuarenta y siete centavos. El precio del pollo habría sido un asalto a mano armada, según Ma Grande, quien solía criar pollos en Alabama y solo tenía que ir y buscar uno, agarrarlo por el cuello, matarlo, desplumarlo, limpiarlo y freírlo. Por último, pero no menos importante, eché una lata de compota de ciruelas en la canasta de compras. Cuarenta y nueve centavos. Quedaba dinero más que suficiente para llamar a Pa y hablar todo lo que quisiéramos.

Vonetta y Fern pusieron caras largas cuando iba poniendo la compra en la canasta. Hasta hubo un par de "diantre" al colocar nuestra canasta en el mostrador de la cajera. Todos los ataques entre Vonetta y Fern por Miss Patty Cake ahora iban dirigidos a sus nuevos enemigos: la comida de verdad que comeríamos hasta que regresáramos a Brooklyn, y yo.

Pagué las provisiones y puse el cambio en mi bolsillo. Iba a darle a Cecile los billetes y quedarme con las monedas para la llamada a papá.

—¿Por qué no podemos comer pizza? —se quejó Vonetta.

—¿O lo mein de camarones?

—Porque —repliqué, disfrutando mi papel de enemiga y hermana mayor— eso no es comida para todos los días—. Levanté el saco de papel de estraza del colmado con la gran S roja del nombre pintada en el centro. —Esto sí.

Ma Grande habría estado orgullosa de mí, pero también enfadada de que yo hubiera permitido que las cosas llegaran hasta aquí. Estoy segura de que ella esperaba este tipo de vida de Cecile. De mí, esperaba algo mejor.

—Tonterías.

—Supertonterías.

Podían decir "tonterías" toda la noche, por todo lo que me importaba.

Vonetta dijo:

—Supongo que sabes que ella no te va a permitir cocinar eso.

—No en su cocina —añadió Fern.

Así que dije:

—Pues que lo prepare ella en su cocina. —La voz de papá salió de mi boca como agua tibia del grifo.

Cuando puse la llave en la puerta, dije:

—Vayan a lavarse la cara y las manos muy bien. Jueguen a las cartas hasta que las llame para la cena.

Cecile no estaba en la sala, lo que quería decir que estaba en la cocina. No quería que Vonetta y Fern vieran cuánto le temía a Cecile. Pensé en cómo había plantado su cuerpo entre la puerta de la cocina y nosotros, y nos había retado a dar un paso más. Luego prefirió dejar que Fern se quedara muerta de sed que darle un vaso de agua con hielo. Pensé en lo loca que estaba Cecile y que no la conocía ni sabía lo que haría después.

Ahora que podía oler el repollo y la cebolla del saco de estraza, perdí la sensación de estar calmada y valiente como papá. No me atreví a entrar, así que la llamé: "Cecile".

No se me ocurrió usar su nombre de poeta, Nzila, para ablandarla. Pero ese nombre no se sentía bien en mi boca.

Temía este momento. Temía pensar en que ella abriera la puerta de la cocina y me viera con un saco de comida sin cocinar. No podía posponerlo. La llamé otra vez, esta vez, más duro: "Cecile".

Dio con las manos contra el mostrador o la mesa bien duro. En un par de pasos la puerta se abrió y ella me miró desde lo alto.

Di un paso hacia atrás, agarrando el saco.

—Tengo que preparar la cena.

Me miró fijamente y no habló. No sabía qué hacer o decir, así que saqué el cambio de mi bolsillo, todo, y se lo ofrecí. Ella lo tomó. Se lo echó en el bolsillo de los pantalones. Mantuvo su mirada fija durante un largo rato. Si eso se suponía que me hiciera sentir atemorizada, estúpida y apocada, funcionó.

Entonces habló.

—¿Por qué no fuiste donde Ming? ¿O a Shabazz?

Tenemos un Shabazz en Brooklyn. El sitio de pescado y tortas de frijol de los Musulmanes Negros.

Encontré mi voz y dije:

—No podemos comer comida de fuera todos los días. Vonetta y Fern no lo aguantan.

—No puedes venir a mi cocina a hacer un desorden. Este es mi lugar de trabajo. No te quiero aquí poniendo todo patas arriba.

—Yo no hago desórdenes —dije, sin siquiera un poquito de falta de respeto. Sencillamente dije la verdad. Nunca en mi vida había hecho un desorden. Ni siquiera para divertirme.

Cecile regresó a la cocina dando pisotadas y maldiciendo.

—Nadie les pidió que vinieran para acá. Nadie las quiere aquí haciendo desórdenes, interrumpiendo mi trabajo.

Me quedé fuera de la cocina, con la bolsa del supermercado Safeway agarrada con fuerza al pecho. Estoy segura de que la S de Safeway estaba exactamente en el mismo lugar que la gran S roja de Superman estaba en su uniforme. Sentía que tenía razón de velar por mis hermanas, pero no me sentía valiente. De todos modos, no quería que Vonetta y Fern me vieran allí como una tonta asustada agarrando una bolsa de víveres.

Cecile abrió la puerta.

—Si llegas a manchar mi trabajo con una gota de grasa... ¿Entendiste?

Sabía que no iba a recibir una invitación más cordial y entré a la cocina de Cecile. Era más grande que nuestra cocina en casa. La de ella tenía un área de cocinar y un área de comer, que no había sido arreglada para comer. Había una mesa larga, solo una silla —la de ella— y lo que supuse que era su imprenta encima de la mesa.

No quería que me agarrara mirando boquiabierta sus cosas. Fui directo al fregadero y comencé a pelar la cebolla, a lavar el repollo, a lavar las papas. A lavar las presas de pollo hasta que pudiera pensar en qué hacer después sin tener que pedirle nada a Cecile.

Ella dio vueltas alrededor de sus máquinas, refunfuñando y maldiciendo. Entonces se levantó, abrió una gaveta y tiró un pelador de papas y un cuchillo en el fregadero. El cuchillo casi me alcanza la mano. No miró ni una vez, pero dijo: "No te vayas a cortar los dedos. No hay dinero para llevarte al hospital".

La sentí mirándome mientras trabajaba. Gracias a Ma Grande, yo podía pelar una papa con un cuchillo sin perder ni un poquito de papa. También podía cortar en presas un pollo completo, aunque esta vez no hacía falta.

Cecile gruñó.

—¿Qué vas a hacer con ese pollo?

Dije:

—Asarlo.

—Freírlo es más rápido —dijo.

Señalé a sus papeles.

—La grasa.

La voz de papá salió de mí fácilmente, cálida y firme. Me sentí volver a ser yo. Mi voz. Mi firmeza.

—¿Qué vas a hacer con las papas?

—Hervirlas con el repollo y la cebolla.

—*Jmp*.

Había algo en esto de estar con ella en la cocina. Y yo sabía lo que era. Tuve un destello. Un recuerdo de nosotras. En silencio y en la cocina. Los golpes del lápiz y su voz tarareando. Parpadeé para hacer desaparecer el

117

recuerdo. No tenía tiempo que perder soñando despierta. Seguí haciendo lo que estaba haciendo. Entonces tenté la suerte y le pedí tocino.

Otro gruñido.

—No hay tocino. No hay panceta. No hay cerdo de ninguna especie en mi cocina.

Sacudí la cabeza. La gente en Oakland era quisquillosa con los cerdos. Eran quisquillosos con los cerdos en el plato y con los "cerdos", como les llamaba el Loco Kelvin, en las patrullas de policía. Allá en Brooklyn, Ma Grande no toleraría cocinar sin cerdo un domingo. No podía ni imaginar a Cecile y a Ma Grande compartiendo una cocina o viviendo en la misma casa.

Como no había cerdo, usé lo que tenía Cecile. Mantequilla, sal y pimienta, más la cebolla. No olía como la cocina de Ma Grande en Brooklyn, pero era el aroma de comida de verdad.

Ahora que la comida estaba en marcha, quería examinar el lugar de trabajo de Cecile. Ver lo que hacía con su máquina, en silencio. Con cuidado. Desde donde estaba parada, mirando de reojo, parecía como si estuviese colocando piezas de un rompecabezas. Agarrando un pedazo de algo y colocándolo con cuidado en su equipo. Agarrando otro pedazo y colocándolo. Se había concentrado en su rompecabezas y se había olvidado de que yo estaba allí.

Me di cuenta de por qué Vonetta y Fern no podían entrar a la cocina de Cecile. Cecile estaba ensimismada en oración. Yo podía estar allí, pero no me atrevía a aclararme la garganta, mucho menos pedirle que me mostrara lo que hacía. Vonetta y Fern no tenían la sensatez de quedarse calladas.

Pusimos el mantel en el piso y nos sentamos con las piernas cruzadas como si estuviésemos comiendo comida para llevar de Ming la Malvada o pescado frito de Shabazz. Si bien Vonetta y Fern comieron de mala gana, Cecile dejó el plato limpio, con solo tres huesitos de pollo limpiecitos.

—Esto no sabe a la cocina de Ma Grande —dijo Vonetta.

—No, sin duda que no —apuntó Fern.

—Debimos pedir pizza.

—O *lo mein* de camarones.

Cecile agarró la cadera de pollo que Vonetta había dejado en su plato. A mí, me dijo:

—¡Cuánta gratitud!

No me importaba que fueran malagradecidas. Les dije a mis hermanas:

—Acostúmbrense a comer así.

Vonetta dijo:

—Se lo voy a contar a Ma Grande.

—Y a papá.

A ellas, les dije:

—Cuéntenles.

Cuando terminamos, Cecile me pasó todos los platos,

después de comerse todo lo que Vonetta y Fern habían dejado.

—Tú comenzaste este reguero, Delphine. Tú lava cada plato y cada cuchara.

Habíamos comido con tenedores, pero no iba a corregirla. Me limité a tomar los tenedores mientras Vonetta y Fern se desaparecían en nuestra habitación. Por lo menos podía mirar a Pa a los ojos y decir: "Sí, Pa. Hice lo que me dijiste. Cuidé a mis hermanas". Por lo menos logré que Cecile me dejara entrar en su cocina.

Entonces añadió:

—Y no esperes ayuda de mi parte.

Dije:

—No importa.

Soltó otro "Jmp" y sacudió la cabeza.

—Estamos tratando de romper yugos. Tú estás tratando de crearte uno. Si tú supieras lo que yo sé y hubieras visto lo que yo he visto, no estarías tan dispuesta a tirar del arado.

Tenía idea de lo que quería decir, pero alguien tenía que estar pendiente de Vonetta y de Fern mientras estuviéramos aquí.

Coloqué los platos en el fregadero y abrí el agua caliente.

—No te mataría ser egoísta, Delphine —me dijo, y me sacó del medio para lavarse las manos. Después volvió a rezar sobre sus piezas de rompecabeza.

¿Chino quién?

La hermana Mukumbu nos dio a Eunice, a Hirohito y a mí dos cartones vacíos de leche a cada uno para llenarlos de agua de la fuente del pasillo. Hoy la clase iba a tomar esponjas que ella y hermana Pat habían cortado para formar distintas figuras y hacer diseños estampados en viejas camisetas. Usaríamos pintura roja, negra y verde, los mismos colores de tinta que Cecile usaba para sus poemas y para los volantes que los Panteras le pedían que imprimiera.

Mientras la hermana Mukumbu preparaba las pinturas, pensé en todos esos colores salpicando y manchando la ropa de Vonetta y de Fern, y en tener que restregar sin una tabla de lavar.

—No empiecen a hacer nada hasta que regrese con el agua —le dije a Fern.

Fern parecía estar en su propio mundo.

La hermana Mukumbu dio unas palmadas, presionándome para que me fuera. A Fern no le iba a pasar nada por estar dos minutos sin mí.

Seguí a Eunice y a Hirohito, pensando en regresar pronto. Tengo que admitir que me gustaba que me consideraran uno de los ayudantes del salón. A Vonetta y a Janice no les gustó que no les pidieran salir al pasillo con Hirohito. Ambas habían levantado la mano para preguntar si podían ayudar también. Aunque no me gustaba mucho Eunice, nos miramos y supimos lo mismo: nuestras hermanas del medio estaban locas por Hirohito. Tendría doce o trece años y consideraba a Vonetta y a Janice como unas pesadas con las que podía jugar y a la vez mantener a distancia.

Hirohito llegó primero a la fuente. Mientras llenaba sus cartones, yo estudié sus facciones. Quería preguntarle cómo uno se siente cuando tiene ojos rasgados, pelo como agujas de pino y piel cobriza. ¿Era más chino que de color o más de color que chino? Si yo fuera Vonetta, le habría preguntado por lo menos eso, visto que está siempre pendiente de él. Le habría preguntado algo interesante en vez de "¿Te gustan las chicas altas o las bajitas?".

Sabía que mi curiosidad no era excusa para quedarme

mirando fijamente o querer averiguar. Después de todo, a mí no me gustaban nada las preguntas sobre no tener mamá. Así que me di un buen regaño mientras Hirohito llenaba su segundo cartón: debo reservarme mi curiosidad; no debo mirar fijamente sus largas pestañas negras y piel cobriza. Además, no podía pasar en un abrir y cerrar de ojos de pensar en darle un puño a preguntarle cómo se siente ser un niño chino de color. Pero antes de poder mirar para otra parte, me pescó mirándolo.

—¿Qué?

Le contesté:

—¿Yo te hablé? —Menos mal que uno no puede ver las cerezas en las barras de chocolate. Yo habría sido una rosa sonrojada a no ser por mi piel color del chocolate Hershey.

—Toma una foto. Dura más.

—No te estaba mirando, niño—. El orgullo de chica me hizo mentir descaradamente.

Eunice me dio una mirada de "Sí que estabas", pero no podía permitir que este niño pensara que estaba mirándolo fijamente, aunque me hubiese visto sonrojar debajo de mi piel chocolate. No podía dejar que este niño de ojos rasgados y piel cobriza pensara que yo pensaba en él. Porque no era cierto.

—Y si tratas de atropellarnos a mí y a mis hermanas con tu patineta, te voy a pisotear bien duro.

Éramos de la misma altura más o menos, pero yo no

había conocido a ningún niño que no pudiera tirar al piso. Pero claro, yo era más alta que todos los niños que conocía.

—Yo grité que se salieran del medio. ¿Qué culpa tengo yo de que ustedes sean lentas? —Él no era como Ellis Carter, Anthony, Antnee ni ninguno de los otros niños que me tocaban por la espalda y después corrían. Él hablaba con calma, sin temor de mi capacidad para tirar niños al suelo.

—Pues no debías estar usando la patineta donde la gente camina.

—Chica, que no es una patineta —dijo, con mucho de lo que supongo que es orgullo de niño—. Es mi *go-kart*.

—A quién le importa, chinito.

Me dio una mirada como si fuera a soltar los dos cartones y levantar los puños. Alzó una ceja.

—¿Chi qué?

Me alegré de que dijera eso porque mi "chino tú" salió justo a tiempo.

Eunice saltó y dijo:

—Para tu información, él es negro y japonés. ¿No eres capaz de distinguir entre un nombre japonés y uno chino?

No me gustó que me echaran en cara mi ignorancia, especialmente alguien como Eunice Ankton. Pero ahí estaba. Sin saber la diferencia entre una cara medio china y una medio japonesa. No iba a quedarme a mirarlo mejor para aprender a distinguir. Mirar a ese estúpido niño consiguió que me sonrojara en primer lugar. Lo último que haría sería reconocer mi ignorancia y después disculparme.

Me volteé hacia Eunice como si Hirohito no estuviese allí.

—No me importa qué es. Más vale que tenga cuidado cuando monte esa patineta en la acera.

Hirohito se viró y comenzó a caminar hacia el salón.

—*Go-kart*.

Dije:

—Te olvido, Hirohito.

Él contestó:

—Te olvidé, Delphine.

Entonces dije rápidamente, para dar el último golpe:

—Nunca pensé en ti.

Eunice intervino:

—¿Es eso lo que dicen allá de donde vienen ustedes? Es tan cursi.

Para información de Eunice, esa rima era más larga. *Cómete un sapo, tírate al lago, vuelve empapado.* Es cierto que sonaba cursi, así que me lo reservé.

—No me importa.

Ella caminó delante de mí.

—Si supieras lo de Hirohito y el hermano Woods, lo dejarías en paz.

Entonces caí en una trampa que debí haber previsto.

—¿Qué pasa con Hirohito y el hermano Woods?

¿Quién iba a saberlo? Eunice tenía caderas. Se aseguró de que yo me diera cuenta mientras caminaba delante de mí.

—Eso lo sé yo y tú tendrás que averiguarlo.

Expertas contabilizadoras de gente de color

Vonetta y Fern pensaron que, ya que yo había logrado convencer a Cecile de dejarme entrar en su cocina, debía poner más empeño en lograr otras cosas, concretamente, tener un televisor en la casa. Ya era malo saber que nuestras vacaciones en California no ofrecían mucho que poner en el ensayo de regreso a la escuela. No había visita a Disneylandia sobre la cual escribir. No había estrellas de cine en el supermercado Safeway para pedirles autógrafos. Ni hacer surf en la playa ni recoger melocotones ni ciruelas de los árboles del patio. Ni siquiera una mamá perdida hace mucho tiempo que nos abrazara y llorara en el aeropuerto.

No tardé en entenderlas. Lo menos que podíamos tener

era un televisor. Dibujos animados los sábados, comedias después de la cena, programas de noticias y de crímenes para mí. El *Show de Mike Douglas* cinco días a la semana porque Mike Douglas siempre tenía artistas negros en su espectáculo de variedades. Fuera del incidente de Flipper, no peleábamos por la televisión, lo que significaría menos ruido que molestara a Cecile. Si compraba un televisor portátil, podíamos colocarlo en nuestra habitación y no tendría que vernos durante horas. Entonces sería una verdadera vacación. Ver horas y horas de las series *Superagente 86* y *FBI* sin que Ma Grande nos hiciera apagar la TV.

Una vez más busqué mi voz calmada y firme y le presenté nuestras demandas a Cecile en nuestra siguiente cena. Eso era lo que hacían los manifestantes. Llevaban sus canciones de protesta y sus demandas al *establishment,* porque el *establishment* tenía el control. El *establishment* era alguien de más de treinta años que tenía el poder. Yo no sabía la edad exacta de Cecile, pero debía tener más de treinta. Eso, y el tener el dinero que Pa nos había dado, había convertido a Cecile en el *establishment.* Lo único que necesitábamos eran algunos carteles de protesta y un "de lo contrario" que no irritara tanto a Cecile como para que nos hiciera daño. Sin un "de lo contrario", los manifestantes son solo personas con canciones de protesta y demandas sin ninguna posibilidad de obtener nada. Las únicas cosas que parecían importarle a Cecile eran sus poemas y su paz y tranquilidad. Lo único que nos importaba a nosotras era el televisor. Armadas con eso, presenté nuestra única demanda, preparada con nuestras razones, como si tuviera la S de Safeway pegada al pecho.

Ella dijo:

—Nadie *necesita* un televisor.

—Nosotras sí —respondí.

—Para ver nuestros programas —apuntó Vonetta.

—Sí —dijo Fern—. Para ver los dibujos animados.

—Y las noticias —añadí—. Puedes ver casi todo el mundo en las noticias de por la noche.

—Y a Mike Douglas.

—Así es. Queremos a Mike Douglas.

¿De qué otra forma íbamos a ver a los grupos de Motown, a James Brown o a Aretha Franklin?

El *Show de Mike Douglas* no era el único lugar donde se podía ver a gente de color en la televisión. Todas las semanas, la revista *Jet* anunciaba todos los programas con gente de color. Mis hermanas y yo nos convertimos en expertas contabilizadoras de gente de color. Habíamos desarrollado nuestro método. No solo contábamos cuántas personas de color había en la TV; también contábamos cuántas palabras decían los actores. Por ejemplo, era fácil contar la cantidad de palabras que el ingeniero negro de *Misión Imposible* decía, y también el prisionero de guerra negro de los *Héroes de Hogan*. A veces el prisionero de guerra negro no tenía parlamentos, así que le asignábamos un "1" por estar presente. Contábamos cuántas veces la teniente Uhura anunciaba la frecuencia en *Viaje a las estrellas*. Hasta nos turnábamos para representarla a ella, aunque Ma Grande nunca nos habría dejado usar una minifalda o botas espaciales. Y entonces estaba *Yo soy espía*. Las tres juntas no podíamos contar cuántas palabras decía Bill Cosby. Y había un programa nuevo, *Julia*, que iba a comenzar en septiembre, con Diahann Carroll de protagonista. Acordamos gritar "¡Infinidad Negra!" cuando apareciera Julia porque cada episodio iba a ser sobre su personaje.

No contábamos solo los programas. También contábamos los anuncios comerciales. Corríamos a la habitación del televisor a tiempo para ver los comerciales con personas de color usando desodorante, crema de afeitar y detergente de lavar ropa. Había una niñita de color en nuestro anuncio favorito que se parecía a Fern. De hecho, dije que esa niñita pudo haber sido Fern, lo que puso a Vonetta celosa. En el anuncio, la nena se comía un bocado de pan con mantequilla y decía: "¡Mami! ¡Esta es la mejor mantequilla que he comido en mi vida!". Entonces nosotras lo decíamos como lo decía ella, con una voz apagada, sin expresión; y competíamos por ver quién lo decía con la cantidad correcta de falta de vida. Supusimos que así era que la gente del anuncio comercial le había dicho a ella que lo dijera. Sin demasiado "color". Luego nos poníamos a tontear y lo decíamos de todas las maneras posibles que alguien de color lo podría decir.

Le dimos a Cecile todas las razones por las que debía tener un televisor en su casa de estucado verde. Hasta demostramos que le proporcionaría paz mental para hacer su trabajo sin que la molestáramos. A nuestras razones, el *establishment* replicó: "La televisión es mentirosa y cuentista". Pero no nos íbamos a dar por vencidas.

—En la televisión dan las noticias de la noche —dije—. Eso es verdad porque está en las noticias.

Ella refunfuñó.

—Y el hombre del tiempo da el informe del tiempo. Eso es importante.

Refunfuñó otra vez.

—Y los Monkees hacen el baile del *monkey.* —Y Fern abanicó los brazos y movió la cabeza como una bailarina gogó.

Cecile puso cara de "¿qué?". Desconcertada. ¡La buena de Fern! Había logrado desconcertar por completo al *establishment.*

Y entonces, como protesta, comenzamos a cantar el tema de los Monkees como lo hacían Davy Jones, Micky Dolenz y los otros cantantes del grupo, destrozando su paz y tranquilidad: "Here we come. Walking down the street…"

Al día siguiente, cuando regresamos del Centro del Pueblo, encontramos un radio en nuestra habitación, con el cable enrollado alrededor del aparato. Era, sin duda, un radio de segunda mano que alguien había dejado en la basura. Vonetta y Fern chillaron como si la niñita de color del anuncio comercial estuviese en nuestra habitación comiendo pan con mantequilla.

Orgullo cívico

Habíamos tenido clases de educación cívica desde el primer grado. Siempre hacíamos una excursión a la estación de bomberos de la calle Henry. Veíamos la misma película sobre los bomberos, los policías y el alcalde, que mantenían a nuestra comunidad segura y protegida. El narrador de la película les recordaba a todos los varones —desde Ellis Carter hasta los James, los Anthony y todos los otros que llevaban pantalones— que ellos también podían llegar a ser guardianes de nuestra comunidad. A nosotras nos recordaban que podíamos aspirar a convertirnos en maestras, enfermeras, esposas y madres. Nunca mencionaban poetas.

En el Centro del Pueblo tuvimos una clase de educación

cívica. Nos estaban enseñando nuestros derechos como ciudadanos y cómo proteger esos derechos al tratar con la policía. La hermana Mukumbu usó la palabra "policía", mientras que el Loco Kelvin, quien sustituía a la hermana Pat, prefirió decir "el cerdo racista". Enumeró nuestros derechos uno por uno como si no hubiese tiempo que perder. Cualquier día una patrulla podría detenernos a mis hermanas y a mí caminando de regreso del supermercado Safeway y registrar las bolsas de provisiones. Teníamos que estar armadas de nuestros derechos.

Al continuar la lección, parecía que lo único que el Loco Kelvin quería era conseguir que llamáramos a la policía "los cerdos". Comenzó con Hirohito.

—Hirohito, Mano, ¿quién tumbó la puerta de tu casa y arrestó a tu papá?

La cara de Hirohito cayó al suelo. Se veía peor que cuando la hermana Mukumbu le pidió que girara y diera vueltas alrededor del Sol. Empezó a tirar de un pedacito de piel que tenía en el dedo pulgar. Normalmente yo pensaría, ¡uf!, qué chico repugnante. Qué asqueroso. En cambio, sentí pena por él con el Loco Kelvin azuzándolo.

Hirohito respondió:

—La policía.

El Loco Kelvin preguntó:

—¿Quién?

Hirohito respondió:

—La policía de Oakland.

Eso no era suficiente para el Loco Kelvin, a quien teníamos que llamar hermano Kelvin en el salón de clases. Parecía una gallina grande con un pico enorme diciendo "¿Quién? ¿Quién?". Fue como la vez que nos gritó "nenas negras" a mis hermanas y a mí, mientras nosotras gritábamos "nenas de color".

No hacía falta ver mucho para darse cuenta de que la hermana Mukumbu estaba molesta con su ayudante y, como de costumbre, intervino para detener la cosa. El Loco Kelvin se suponía que nos hablara sobre nuestros derechos, no que se parara allí a decir "¿Quién? ¿Quién?".

Pero el narizón del Loco Kelvin no había terminado. Dijo:

—Los cerdos derribaron la puerta de un héroe de la guerra de Vietnam. Los cerdos lo esposaron sin respetar sus derechos como ciudadano. Los cerdos racistas después separaron al hermano Woods de su familia porque se atrevió a decirle la verdad al pueblo.

Hirohito procuró no mostrar ninguna reacción en su rostro, pero estaba cambiando por dentro, donde la gente cambia cuando está triste o enfadada. Me miró directamente y después miró para otro lado. Me sentí como si debiera decirle algo, pero no sabía qué.

La hermana Mukumbu dio las gracias al hermano Kelvin por ser nuestro orador invitado y lo acompañó a la puerta.

Fern me jaló por el borde de la blusa.

—Él no me gusta. Sin duda que no.

Miré en dirección a Eunice Ankton. Yo acababa de averiguar lo que ella había querido decir cuando estábamos en la fuente. Que el padre de Hirohito estaba en prisión por hablarle al pueblo. El padre de Hirohito era lo que la hermana Mukumbu llamaba un "combatiente por la libertad" y un "prisionero político". Aunque, ahora que sabía lo que había pasado, no me daba ningún placer haberme enterado.

Imagínate. Que tu padre esté comiendo o brillando sus zapatos mientras ve la TV. Que derriben la puerta de tu casa y que la policía entre. Ver como se llevan a tu padre esposado.

Hirohito no tenía que imaginárselo. Él sabía.

Yo había tenido miedo en una ocasión. Miedo de verdad por papá. Sucedió hace dos veranos. Ma Grande había regresado a Alabama antes que nosotros a visitar parientes y ocuparse de su casa. Nosotros habíamos llenado el Wildcat con nuestras cosas para que mis hermanas y yo pudiéramos quedarnos allá todo el verano. Habíamos estado en la carretera todo el día y toda la noche. Eso es estar lejos de casa. Si teníamos que parar, buscábamos una estación de gasolina o una familia de color que nos permitiera entrar a su casa. Al llegar más al sur, pasando por carreteras oscuras y caminos todavía más oscuros, me sentí como Dorothy en *El Mago de Oz*. Me dije: "Delphine, ya no estamos en Brooklyn".

Papá había detenido el auto a la orilla del camino para dormir unas pocas horas. Recuerdo a Vonetta roncando a mi lado y a Fern con Miss Patty Cake incrustada en el otro. De algún modo, me encontré roncando con mis hermanas y mi papá. Entonces sentimos un golpe fuerte en la ventanilla. Fantasmas de luz de linternas volaron por todos los asientos de atrás y del frente, pasándonos por la cara. Era un policía estatal. Papá bajó su ventanilla y le mostró al policía su licencia y le dijo que llevaba a sus hijas a ver a su abuela en Alabama. El policía estatal no ofreció indicaciones. No llamó a papá, "señor Gaither", o "ciudadano", como el policía servicial de nuestra película de educación cívica. Yo oí lo que el policía estatal llamó a papá. Lo escuché muy bien. Me agarré bien a Fern, temerosa por papá. Temerosa de que papá le contestara al policía o peleara con él.

Cuando llegamos a casa de Ma Grande, pensé que Pa le iba a contar todo. Que no habíamos podido detenernos a hacer pipí en cualquier lugar. Que el policía estatal había dado golpes en la ventanilla. Lo que había llamado a papá. Que papá no había contestado como Cassius Clay y le había metido un sopapo en la quijada que lo mandara hasta el próximo condado. Papá cuenta buenas historias. Las cuenta tan claras que crees hasta la última palabra. Sabía que papá habría entretenido a Ma Grande.

Cuando Ma Grande preguntó: "¿Qué tal el viaje?", Pa dijo: "Logramos llegar. Ya sabes, Ma. Lo mismo de siempre".

Concentración por Bobby

Cuando la hermana Pat pegó el retrato de Bobby Hutton a la pared junto al de los otros revolucionarios, me enteré de quién era. Finalmente leí sobre él en el periódico de los Panteras Negras. El artículo informaba que la gente quería darle su nombre al parque. El artículo también decía lo que le había sucedido. Me parecía recordar haber visto las noticias con Ma Grande hacía unos meses y haber oído sobre el tiroteo en Oakland. Ahora el tiroteo parecía más cercano, más real.

Bobby Hutton fue el primer miembro de los Panteras Negras aparte de los líderes. Era tan joven, que los líderes de los Panteras Negras —Huey Newton y Bobby Seale— lo obligaron a que le pidiera permiso a su mamá para unirse al grupo. También fue el Pantera Negra más joven en morir por la causa. Solo tenía seis años más que yo.

El periódico decía que la policía había emboscado a los Panteras Negras mientras estaban en un auto y que los Panteras se habían refugiado en una casa. Que había habido un tiroteo. Que la policía disparó a los Panteras y que los Panteras dispararon a la policía. Que cuando Little Bobby salió a entregarse y se quitó toda la ropa excepto por la ropa interior para mostrar que no tenía armas, le dispararon de todas formas. Muchas, muchas veces. Eso fue en abril pasado. Dos días después de que mataran al reverendo King.

Después de leer sobre Bobby Hutton, comencé a observar a los Panteras que ayudaban en el Centro del Pueblo. Y a los jóvenes que estaban en las calles, patrullando o pasando por allí. Los observé muy bien y vi que eran adolescentes o un poco mayores, como la hermana Pat y el Loco Kelvin. No soportaba al Loco Kelvin, nunca lo llamé hermano Kelvin ni busqué hablar con él. Pero no quería ver que lo mataran porque llevaba puesta una camiseta que decía MUERTE AL CERDO.

Leer ese artículo me dio coraje y temor. Coraje de que alguien como Bobby hubiera sido asesinado y asustada de que, si a él lo podían matar por estar con los Panteras, quizás era demasiado peligroso que nosotras estuviésemos en el campamento de verano de los Panteras Negras. Después de todo, no era por nada que estaban enseñándonos a tratar con la policía. Y yo era alta para mi edad. Nadie pensaría que yo era una niña que iba a cumplir solo doce años. Los policías que patrullaban el Centro podían estar persiguiendo a alguien, irrumpir allí, disparar primero y hacer preguntas después.

Quizás no teníamos que venir al Centro a aprender sobre nuestros derechos y desayunar. Si Cecile me permitía cocinar la cena en su cocina, me dejaría freír huevos o servir un poco de cereal en la cocina también. Estar en casa de Cecile puede que haya sido una locura. Puede que su casa no estuviese colmada de amor, pero en casa de Cecile por lo menos estábamos seguras. Estábamos mejor en esa casa de estucado verde con Cecile.

¿Qué hubiera dicho papá si se enteraba de que yo llevaba a Vonetta y a Fern a una escuela de verano donde las patrullas de policía daban rondas para averiguar lo que hacíamos? Se suponía que yo debía cuidar a Vonetta y a Fern, no ponerlas en peligro.

Deseé no haber abierto ese periódico. Deseé poder seguir pensando que estábamos desayunando, pintando carteles y aprendiendo sobre nuestros derechos. Deseé no saber que estaba llevando a mis hermanas a un hervidero de problemas en Oakland. Pero era demasiado tarde para desear. Yo sabía muy bien lo que yo sabía.

Apenas podía atender bien a lo que decía la hermana Mukumbu. Decía que asistiríamos a una concentración, el próximo sábado no, sino el siguiente. Algo respecto a liberar a Huey y a dar el nombre de Little Bobby Hutton al parque que está al cruzar la calle. Escuchar el nombre de Bobby Hutton me sacó de mi ensimismamiento. Levanté la mano tan rápido que todavía no había pensado lo que iba a decir. Sabía que "concentración" significaba "protesta" y que "protesta" podía significar "motín". Después de todo, yo leo los periódicos. Veo las noticias por la noche. Una protesta nunca era una fiesta de *hippies*.

La hermana Mukumbu todavía sonreía cuando me dio la palabra. Apuesto a que pensó que yo iba a hablar sobre el artículo del periódico o a decir algo revolucionario. Dije:

—Lo siento, hermana Mukumbu. Pero mis hermanas y yo no podemos ir a la concentración.

Sabía que la había sorprendido porque no soy de esas personas que dicen "yo no puedo". Habría dado lo mismo decir: "No vinimos aquí para hacer la revolución".

La hermana Pat intervino:

—No te preocupes, hermana. Yo conozco a la hermana Nzila. Ella las dejará ir.

Me sobrepuse a que ella dijera que conocía a mi madre cuando yo apenas conocía a Cecile. Además, tenía asuntos más importantes que atender. Respondí:

—No es mi mamá quien dice no. *Yo* digo no. No podemos ir.

Entonces Vonetta dijo en voz alta:

—Pues sí podemos ir a la concentración.

Y Fern:

—Sin duda que sí.

Vonetta y Fern no sabían lo que decían. Era solo que no querían quedar fuera de ninguna actividad en la que estuvieran las niñas Ankton o el Hirohito ese, todavía vestido con la vieja camiseta de los Oakland Raiders.

La hermana Mukumbu pidió respeto y orden en el salón. Nos callamos. Dijo que hablaría conmigo más tarde y continuó hablando sobre la concentración y de honrar a Bobby Hutton y de liberar a Huey. Entonces dijo exactamente lo que habría de derrotarme. Dijo:

—Nos han pedido que hagamos una presentación especial en la concentración.

Los rostros de mis hermanas se iluminaron.

—Podríamos representar un drama, hacer un baile de grupo o recitar poesías. O si alguno tiene algún talento especial que presentar, también se puede hacer eso.

Estaba perdida. "Talento que presentar" era suficiente para convencer a Vonetta y Fern. No había manera de impedir que Vonetta se lanzara al escenario después de escuchar a la hermana Mukumbu decir esas tres palabras.

A Vonetta le apasiona el espectáculo. Cualquier ocasión, hasta un conato de motín, habría sido un buen lugar para actuar. Fern es igual. Canta como los pájaros, es adorable y, al igual que Vonetta, no puede resistirse a la tentación del aplauso y la atención.

No tengo de qué sentirme vanidosa. No tengo talentos que mostrar. Y aun si tuviera, no tengo ningún deseo de lanzarme ante la gente en busca de sus aplausos. Bailo porque las lecciones están pagas y papá piensa que todas las niñas deben bailar *ballet* y *tap*. Canto en el coro de niños porque Ma Grande se asegura de que nosotras, niñas sin madre, recibamos todas las miradas de lástima que la iglesia pueda darnos, las deseemos o no.

Más tarde, durante el tiempo libre, Hirohito y los varones comenzaron a hacer *katas* de karate y *jiu-jitsu*. Las chicas Ankton se reunieron a hablar sobre lo que ellas iban a hacer y, por sus gestos, parece que iban a interpretar un baile africano. Los otros niños jugaban. Yo pensé que Vonetta se uniría al grupo de las Ankton. Pero nos dijo a Fern y a mí:

—Debemos cantar una canción.

Fern agregó:

—Debemos cantar una canción y hacer un baile.

Antes de que yo pudiese decir por qué no debíamos hacerlo, ellas comenzaron:

—Podemos mover los brazos bien bonito, como las Supremes.

—Y peinarnos como las Supremes.

—O a lo loco, como Tina Turner.

—Y las Ikettes.

—¡Oh! ¡Oh! Podemos cantar nuestra canción —dijo Vonetta.

—Sí, nuestra canción —repitió Fern.

Fingí que no sabía a qué canción se referían, pero sabía.

Solo para asegurarse de que yo sabía, Vonetta y Fern cantaron las tres primeras líneas de "Seca tus ojos".

—No —dije.

Cantaron más fuerte. La voz de Fern, dulce y aguda, la de Vonetta, melosa y dramática.

—No —les dije—. No vamos a cantar eso.

No me hicieron caso y cantaron a todo pulmón la parte rompecorazones en que la madre debe abandonar a su bebé. Después cantaron las partes la-la-la.

A estas alturas todos estaban mirando hacia nosotras, así que mandé a callar a Vonetta y a Fern, cuyos ojos brillaban con vivacidad. No tenía esperanzas de lograr que retornaran al buen sentido común.

—No vamos a cantar esa canción —dije llanamente. Como respuesta a sus caras de "¿Por qué no?", expliqué:

—Esta presentación es para la gente. Para Bobby Hutton y Huey Newton. No es para cantar sobre corazones rotos y madres perdidas.

Pero insistieron en Brenda y The Tabulations. Insistieron en que el mundo se enterara de su anhelo por una madre que no estaba dispuesta a cocinarles una comida.

Fui firme:

—No podemos cantar esa canción.

—Sí podemos —comenzaron a decir.

Vonetta siguió:

—Y entonces ella va a venir al espectáculo y nos va a ver en el escenario.

—Y va a ver lo buenas que somos.

No parecía correcto que ellas pensaran que cantar y bailar fuera a transformar a Cecile en alguien que llorara por sus hijas perdidas por años o que friera chuletas y preparara pudín. Cecile no era ese tipo de madre, si es que querías llamarla madre. Podía haber cambiado su nombre. Podía vivir al otro extremo del país. Pero Cecile era la vieja Cecile. Solo que más loca y temible de lo que yo recordaba.

Les dije abiertamente:

—Aunque cantemos "Seca tus ojos" como Brenda y The Tabulations y bailemos como las Ikettes, Cecile no va a venir a la concentración a aplaudirnos.

Ellas dijeron que yo me equivocaba con respecto a Cecile y con respecto a lo que podíamos o no podíamos cantar para el show.

—Esa gente no hace una concentración para la televisión —dije—. Hacen una concentración para liberar a Huey y cambiar el nombre del parque. El alcalde, el juez y la policía no van a decir, "Nos parece bien". La concentración va a ser un hervidero de problemas.

Vonetta cantó:

—Aguafiestas. Doña angustias. —Y Fern se unió.

—Está bien —accedí—. Pero yo no voy a cantar con ustedes.

La hermana Mukumbu dijo que necesitaba ayuda. Todos levantaron la mano, pero me llamó a mí a pesar de que no había levantado la mía. No puedo decir que me sorprendió.

—¿Qué te preocupa, hermana Delphine? —preguntó—. ¿Por qué no quieres participar en la concentración?

—Hermana Mukumbu, todo es peligroso. Tan solo estar aquí en el Centro es peligroso.

Ella estuvo en silencio un rato.

—Ya veo —dijo.

Eso significaba que no me iba a mentir. Yo quería que ella me siguiera agradando. No me agradaría más si me mentía.

—Tengo que cuidar a mis hermanas.

—Nos cuidamos unos a otros —respondió la hermana Mukumbu—. La concentración es una manera de cuidar a todas nuestras hermanas. A todos nuestros hermanos. Unidad, hermana Delphine. Tenemos que estar unidos.

Yo pensaba, vivos. Tenemos que estar vivos. ¿Little Bobby no preferiría estar vivo a que lo recordaran? ¿No preferiría estar sentado en el parque a que el parque llevara su nombre? Yo quería ver las noticias, no estar en ellas. Mientras más pensaba sobre el asunto, más segura estaba de mi respuesta. Nos quedaríamos en casa mañana y el día siguiente y el día después. Definitivamente no íbamos a ir a ninguna concentración.

Comerse las palabras

La mañana siguiente, Cecile, parada fuera de nuestra puerta, dijo:

—Son las nueve. ¿Por qué están todavía aquí?

Vonetta me señaló.

—Es culpa de ella.

Fern se unió:

—Todo es culpa de ella.

—No nos quiere llevar al Centro del Pueblo.

—Sí. Dijo que no podemos ir más.

Cecile se dirigió a mí:

—Delphine, ¿qué hiciste?

Hablé tan claro como pude. No servía de nada hablar con timidez:

—Le dije a la hermana Mukumbu que no vamos a ir a la concentración para liberar a Huey el próximo sábado ni vamos a regresar al Centro del Pueblo.

—¿Por qué le dijiste eso?

—Porque es peligroso —contesté—. La policía mató a un adolescente porque estaba con los Panteras Negras. Podrían matar a Panteras Negras y a niños en el Centro.

Cecile me miró como si yo fuera estúpida, pero también con incredulidad de que yo fuera su hija.

—¿Alguien te ha disparado, Delphine? —Su voz era clara y calmada, no alocada.

Me sentí estúpida.

—No.

—¿Te han apuntado con un arma?

—No.

—¿Alguien te ha puesto un arma en las manos?

—No.

—Vístanse y vayan —dijo—. Quizás todavía estén sirviendo desayuno.

No podía creer que nos obligaba a regresar a un lugar donde podrían dispararnos. Pero entonces volvió mi buen sentido común. Claro que a Cecile no le importaba si la policía nos disparaba.

Le dije a Cecile:

—Vamos a desayunar. Vamos a la escuela de verano. Pero no vamos a ninguna concentración. Eso es un hervidero de problemas.

—Ustedes dos. Métanse ahí y lávense los dientes y la cara. —Cecile ladeó la cabeza hacia el baño. Tan pronto Vonetta y Fern se levantaron y se fueron al baño, se me acercó. Yo estaba genuinamente atemorizada.

—Ten cuidado como me hablas, ¿oíste?

Incliné la cabeza, y yo no inclinaba la cabeza.

Ella no aceptó el gesto.

—No —dijo—. Tienes boca, quiero oírte decirlo.

Respondí:

—Sí, señora—. Esa palabra pasada de moda se me escapó.

Cecile gruñó.

—Ahí está el problema. La mamita de tu papá. Hablas igual que ella. Igual que una mula del campo. —Creo que eso enfureció más a Cecile que decir que no iríamos a la concentración. Que yo hablara como Ma Grande.

Cecile regresó a su cocina, refunfuñando como si estuviese hablando con alguien. Conmigo. Que ella no podía tenernos aquí alterando su paz mental y que ella no podía trabajar si nosotras estábamos en su casa. Cecile continuó hablando y hablando mientras salíamos por la puerta. Como una loca.

Vonetta y Fern estaban contentísimas de ir al Centro del Pueblo. No podían dejar de restregármelo en la cara.

—Ves, Delphine, no puedes decirnos qué hacer —dijo Vonetta.

—Sin duda.

—Porque vamos al Centro del Pueblo y vamos a ir a la concentración.

—Sin duda.

—Y vamos a cantar nuestra canción.

—Y a bailar.

—Y tú no puedes estar con nosotras.

Pero Fern no le siguió la corriente a Vonetta esta vez. No es que yo quisiera participar, pero me alegré un poco. Fern siempre fue mía.

Yo no tenía prisa por entrar cuando llegamos al Centro, pero seguí a mis hermanas cuando abrieron las puertas. Vonetta y Fern corrieron a desayunar y entrar a la clase de la hermana Mukumbu. Yo las seguí sin ganas, sintiendo pena por mí misma. Cuando tenemos que retirar lo dicho nadie habla de "comer pollo frito". Se habla de "comerse las palabras", y con razón. Sabía lo que era comerse las palabras, las había tenido atravesadas en la garganta y la cabeza gacha. Sabía que tener que comerse las palabras cuando antes habías sido orgullosa y habías tenido razón era como tragarse un trozo de carne de cuervo compacta y fibrosa que iba a ser dura de masticar.

La hermana Mukumbu no me hizo sentir como la poca cosa que yo sabía que era. Sus brazaletes le tintineaban en la muñeca cuando nos dio la bienvenida de regreso a la clase. Todos practicaban sus papeles para una obra que se representaría en la concentración, y ella dijo que habíamos llegado justo a tiempo. Necesitaban más actores para la representación de Harriet Tubman llevando a los esclavos hacia la libertad. Vonetta estaba enfadada porque Janice iba a representar a Harriet Tubman. Supe que escucharía la cantaleta de que Vonetta había perdido la oportunidad de ser la estrella de la obra durante los siguientes siete días.

Más tarde, después de que la hermana Pat nos pusiera a hacer calistenia en el patio, Eunice vino a sentarse conmigo.

—Pensaba que ustedes no iban a regresar.

—No íbamos a regresar.

—Entonces, ¿por qué están aquí?

Había que ser bien descarada y bocona para preguntarme por qué mis hermanas y yo estábamos de vuelta en el Centro del Pueblo. No tenía nada que decirle a Eunice. Ya me sentía mal.

Me encogí de hombros, aunque yo no me encogía de hombros.

—Te estabas luciendo cuando le dijiste a la hermana Mukumbu que tú y tus hermanas no iban a venir a la concentración, como si fueras tú la que está a cargo.

—Para tu información, yo estoy a cargo de mis hermanas.

—¿Ah sí? Entonces, ¿por qué volvieron?

151

De ninguna manera le iba a decir a Eunice Ankton que estábamos aquí porque Cecile nos echó para poder escribir sus poemas.

—Porque sí —le respondí.

No podía entender por qué Eunice se había sentado allí conmigo. Sentirme estúpida ya era suficientemente malo como para que viniera alguien a sentarse conmigo a recordármelo.

Mis hermanas estaban pasándolo bien. Fern y la más pequeña de las Ankton, Beatrice, se estaban enseñando canciones. Janice y Vonetta perseguían a Hirohito y sus amigos, pero en realidad solo les interesaba Hirohito. Él serpenteaba a izquierda y derecha para escaparse de las nenas cada vez que ellas se acercaban lo suficiente como para tocarlo. Finalmente, Janice logró pillarlo y correr. Vonetta se molestó porque no lo había pillado primero, pero eso no impidió que alborotara y riera a carcajadas con Janice. Janice y Vonetta eran igual de tontas.

Eunice hizo primero un sonido de desagrado.

—Yo no estaría corriendo detrás de Hirohito Woods —dije.

—Yo tampoco —coincidió ella.

No quería decirle que yo iba para sexto grado cuando ella iba para octavo. Por lo menos yo era una pulgada más alta que ella. Hirohito, dijo, iba para séptimo.

Le dije a Eunice que su vestido era bonito. Entonces me enseñó la costura interior. Cuando vi las puntadas uniformes de su mamá, decidí que me caía bien Eunice Ankton. No era la chica grande que pensaba que su ropa era mejor que la mía. O la chica que se ponía de parte de Hirohito Woods y me hacía sentir ignorante por no saber que era mitad de color y mitad japonés. Éramos dos hermanas mayores velando a nuestras hermanas menores mientras jugaban y corrían, y hacían el ridículo. Éramos las mayores de nuestras respectivas familias y sabíamos las mismas cosas.

La aRaña peQueñita

Vonetta no paraba de practicar su poema. Bueno, no era suyo. Lo encontró en un libro de poetas negros en el Centro del Pueblo. Si no podía cantar su canción, recitaría un poema ella solita.

No bastaba con que Vonetta dijera su poema, que era en realidad un poema de Gwendolyn Brooks titulado "Realmente *cool*". Vonetta intentaba *ser* el poema. Como Fern y yo no aplaudimos la primera vez, ella comenzó de nuevo, imitando lo más zombi que pudo a los guapetones que merodean por las salas de billar. Si Ma Grande llega a oír a Vonetta y verla de pie en la esquina como un vago inútil, habríamos estado de regreso en el próximo avión para Nueva York. Vonetta estaba completamente metida en su papel y no la podíamos parar. Empezó de nuevo a decir cada verso de "Realmente *cool*" a todo volumen, por si acaso Cecile no la había escuchado. Yo les habría hecho un favor, a Vonetta y a Cecile, dándole una patada rápida, pero no me importaba si Cecile la regañaba. No me importaba si Vonetta alteraba la paz mental de Cecile. Así que dejé que Vonetta recitara "Realmente *cool*" una y otra vez.

Vonetta era perfeccionista, pero solo con algunas cosas. Con las cosas que harían que la gente se fijara en ella o le ganaran aplausos. Ma Grande decía que Vonetta no sería tan presumida si Cecile la hubiese cargado más en lugar de dejarla llorar en la cuna. No eran fugaces mis recuerdos del llanto de Vonetta. Recordaba claramente que lloraba mucho y a todo volumen.

La puerta de nuestra habitación estaba abierta y Cecile estaba en la sala, recostada en su maltrecho sofá. Cecile podía escuchar a Vonetta perfectamente bien. Vonetta ya había repetido el poema siete veces. Yo estaba segura de que su meta era decirlo diez veces todas las noches, pero Cecile no la dejó ir tan lejos. Llegar a nuestra habitación solo le tomó a Cecile seis pisadas fuertes y furiosas.

—Deja esa basura. Eso ni siquiera es un poema. Yo pude haber escrito eso durmiendo. Uno pensaría que Gwen Brooks es una especie de genio. —Entonces se fue dando pisadas fuertes hacia la cocina. Escuché cuando le dio duro con las manos a la puerta batiente.

Cuando estaba en cuarto grado, la maestra nos pedía que descansáramos la cabeza en el pupitre cuando regresábamos del recreo. Nos recitaba poesía para calmarnos y prepararnos para aprender más ciencia o historia. Robert Frost, Emily Dickinson, Countee Cullen y William Blake: excelentes poetas todos que debíamos conocer, solía decir. Pues, yo conocía a una poeta viva, verdadera. No sabía cuán buena era la poesía de Cecile, pero la había visto escribir poemas en la cocina y a veces en las paredes o en las cajas de cereal. ¿Quién más en mi salón de clases podía decir que conocía a una poeta y que esa poeta era su mamá? Así que, en la tarde en que escuchamos los cascos del caballo de Robert Frost en la nieve, yo levanté la mano y le dije a la clase que mi mamá era poeta. "Vamos, Delphine —dijo la señora Peterson— las niñas buenas no les dicen mentiras a sus compañeros". Me retuvo después de terminadas las clases y me dijo que ella sabía que mi madre se había ido de casa y que querer tener una madre no era excusa para inventársela. No podría salir del salón hasta escribir "No diré mentiras en clase" veinticinco veces en la pizarra. Y después tendría que borrarla.

Vonetta se enfurruñó terriblemente cuando Cecile le dijo que acabara. Vonetta solo entendió que su declamación era pésima. No estaba pensando en que Gwendolyn Brooks era una gran poeta negra y que Cecile, también conocida como Nzila, imprimía sus propios poemas en la cocina.

El año pasado, Vonetta practicó su reverencia más de lo que practicó sus pasos para el recital de *tap*. Se cayó sobre su trasero a mitad de su solo y se sintió miserable durante días. Por lo general, yo le levantaba el ánimo hasta que volvía a estar vanidosa y presuntuosa, pero ahora la dejé enfurruñada porque no había recibido elogios de Cecile. Lo tienes bien merecido, pensé. Solo para ser malvada, se lo restregué en la cara con un insulto.

—No sé por qué pones mala cara —dije—. Eres igualita a ella.

Ambas sabíamos a qué *ella* me refería. Dije eso para que se sintiera rabiosa además de herida. Igual que sé cómo levantar el ánimo de mis hermanas, también sé cómo provocarlas.

—Pues no.

—Pues sí.

Hicimos eso varias veces, y luego un "No" y un "Sí" finales.

—Está bien, Vonetta. Supón que vas a estar en la TV.

Enseguida se espabiló.

—Vas a representar a Campanita en el show de Walt Disney. Pero es la noche de la reunión de padres y maestros. O la noche de talentos en la escuela, y tu hijita…

—Lootie Belle —intercaló Fern.

—Lootie Belle —dije yo, agradecida del apoyo de Fern— tiene un papel en La Araña Pequeñita.

—En su disfraz de Araña Pequeñita.

—Y ha estado practicando su canción de la Araña Pequeñita durante días.

—Semanas.

—Dos meses completos. La Araña Pequeñita…

—Subió, subió y subió—. Sabía que podía contar con Fern para subir con su vocecita dulce y aguda.

Vonetta seguía allí desafiante, impasible, demostrando que yo tenía razón. Era como mirar a Cecile.

—Un flamante Cadillac blanco viene a recogerte para tu papel de Campanita en la TV. Pero tu hermosa niña…

—¡Lootie Belle!

—Lootie Belle está en la puerta, con su disfraz, esperando que la lleves a la noche de talentos de la escuela. ¿Qué harías?

—Fácil —dijo Vonetta—. Me montaría en el flamante Cadillac blanco con mi bolso de maquillaje y equipaje a juego.

—¿Y tu hijita y su disfraz? —pregunté.

—¿Y Lootie Bell con su disfraz, que quiere bailar para su mamá?

Cada una de nosotras conocía la sensación de no tener a una mamá aplaudiéndonos en el público. Solo a Ma Grande y a veces a papá cuando llegaba a tiempo del trabajo.

La vanidosa y presuntuosa de Vonetta dijo:

—Primero que nada, no se me ocurriría ponerle un nombre tan tonto como Lootie Belle. Y mi hijita estaría feliz de que yo fuera una estrella de Disneylandia. Ella les diría a sus amigas celosas en la escuela, "Ahí está mi mamá en la TV. Apuesto a que tu mamá solo fríe chuletas y exprime ropa mojada. Mi mamá está en la TV volando en el polvo azul de las hadas, agitando su varita mágica en un lindo vestido de brillo".

La magia de Disneylandia convenció a Fern. Era toda esa cuestión del polvo azul de las hadas y las varitas mágicas. Los ojos de Fern relucían cuando imaginaba tener un hada madrina de color. Yo quise molestar a Vonetta, pero lo que logré fue perder a Fern. Y Vonetta había vuelto a ser la de antes.

—Y por eso eres como Cecile. Quieres ser un hada en la TV más de lo que te importa cómo se sentirán tus hijas o si te van a extrañar.

Nos dijimos "Pues no" y "Pues sí" hasta que Cecile volvió a la habitación y exclamó: —¡Paren ya esa estupidez!

Tipo móvil

Pasamos otro día largo en el Centro. Cuando entré en la cocina a preparar espaguetis para la cena, había un taburete al lado de la estufa. Era como todo lo demás que Cecile traía a su casa de estucado verde. De segunda mano. Como quiera, era algo inesperado y bienvenido. Normalmente yo estaba de pie junto a la estufa mientras la comida se cocinaba. Los pies siempre me dolían, pero nunca me quejaba. Lo que hacía era cambiar el peso de un pie al otro y aprendí a hacer comidas rápidas. Cecile me había permitido entrar a su cocina. Me había dejado cocinar, lavar los platos y limpiar. Pero en realidad no me quería allí con ella. No quería que alargara el cuello hacia donde estaba ella, ni que rompiera la paz con conversación.

El taburete cambió las cosas. Era una invitación a que me sentara y estuviese allí. No a hablar. Solo a cocinar. A estar. Mientras hervían los espaguetis, en mi mente entraban y salían ráfagas de recuerdos. Recuerdos de estar sentada en silencio junto a Cecile. Fue la bienvenida a la cocina lo que me trajo esos recuerdos. Que había estado sentada con ella antes y había estado bien. No en esta cocina, sino en la cocina de Brooklyn. Cuando Sarah Vaughan llenaba la casa con su voz aterciopelada, Vonetta lloraba a lo lejos para que la cargaran, y Cecile tenía la panza grande con Fern.

No estaría exagerando si dijera que nací sabiendo qué hacer cuando me sentaba junto a Cecile. No llorar. Estar callada. No querer nada. Podía hablar, pero había aprendido que, mientras estuviese callada, podía quedarme con ella mientras daba golpecitos contra la pared con el lápiz, escribía y escribía y decía sus rimas una y otra vez. No llorar. Estar callada. No querer nada.

Entonces llegó Fern, y días después se fue Cecile. Ma Grande vino a vivir con nosotros y le dijo a Pa, "Esa muchacha es muda como un pez", refiriéndose a mí. A Cecile no le habría importado que yo fuese sorda y muda, pero Cecile se había ido. Ma Grande era otra cosa. Pronto aprendí a hablar cuando estaba con Ma Grande.

Después que comimos los espaguetis, lavé los platos y limpié el fregadero.

—Te dejaría ayudarme si tuvieras las manos limpias —
dijo Cecile.

Ya tenía las manos limpias. Acababa de lavar los platos.
Pero me las enjaboné con líquido de fregar y me las enjua-
gué y sequé.

—Párate aquí.

Me paré donde dijo. Pasó un rato largo sin decir nada
más. Miré hacia abajo a un marco plano con bloques de
madera. En los bloques de madera había letras de metal
mirando hacia atrás. ¿Hacia atrás? Deletreaban palabras,
línea a línea. Pero tendrías que poder leer al revés para
leer las líneas.

Yo quería poder leerlas. En el mostrador, junto a la
imprenta, había una hoja de papel acabada de imprimir
con las palabras en la dirección correcta.

Tipo móvil

Oprimes aquí
me muevo
allí
Oprimes
allí
me muevo
dos casillas más allá
Compras las casillas

162

bajo mis

pies

Caigo

en la casilla libre.

Me subes

el alquiler

Yo

Pica

Elite

Courier

Sans Serif

Empaco poco. Parto pronto.

Soy de ese tipo.

Móvil.

NZILA

Tomó la hoja y la colgó para que se secara.

—Voy a empujar hacia abajo y dar vuelta a la manigueta —dijo. Pensé que iría aprendiendo.

Le dio vuelta a la palanca que estaba en el costado de la imprenta. Echó su peso sobre la máquina y sobre el metal y el papel. Los rodillos fueron dando vuelta despacio. El papel fue saliendo hacia la bandeja de letras al revés.

Cuando terminó de entintar el papel, creo que se sintió complacida. No estaba sonriendo, ni contenta, ni cantando, pero estaba satisfecha con lo que había hecho. Estudió la hoja impresa y la alzó hacia la luz. El poema en tinta negra. Su nombre, Nzila, en letras de formas especiales: grandes, curvas, hermosas y verdes.

Pensé sobre el poema de Cecile. Pensé que tenía que ver con que ella era el tipo que no se está quieta. Pero yo creía que a ella le gustaba esta casa de estucado verde. Creo que a ella le gustaba esta cocina, le gustaba hacer de mamá y rezar ante esta maquinota y estas cajas de letras al revés. Esta era la forma que tenía Cecile de ser feliz.

—¿Ves esto?

Debo haber hecho un gesto de querer tocarlo.

Cecile habló con dureza.

—Dije "ver", no "tocar". Mira.

Asentí y puse las manos detrás de la espalda. Estaba acostumbrada a tener las manos ocupadas. A hacer. Pero hice lo que dijo. Miré.

—Estos son los rodillos. Metes el papel por los rodillos. Lo metes parejo. Si está torcido, es una pérdida de papel. Les das vuelta a los rodillos de manera constante o es papel desperdiciado. Y tinta desperdiciada.

La observé meter el papel entre los rodillos y dar vuelta a la palanca. Siempre la tinta se distribuía uniformemente en el papel y ella colgaba cada hoja a secar.

—Adelante. —Señaló al papel, los rodillos y la palanca.

Casi no me moví.

—Dale. Vamos a ver si puedes seguir instrucciones.

Tomé una hoja de papel de la pila y la sostuve de esquina a esquina para que entrara pareja. No importa cuánto me dije que debía mantener las manos quietas: el papel temblaba en ellas. Estaba furiosa con mis manos. No quería que Cecile pensara que tenía miedo de hacerlo mal, pero sí lo tenía.

No levanté la vista para ver si ella creía que lo había hecho bien. Solo hice lo que ella había dicho y le di vueltas a la palanca despacio, fuerte y de manera constante hasta que el papel salió por el otro lado, esperaba yo, completamente impreso.

Ella levantó la hoja que yo acababa de imprimir y señaló a un punto en la *N* de "Nzila" que se había quedado sin tinta. Movió la cabeza de lado a lado. "Papel desperdiciado".

El deleite de San Francisco

A Cecile le importaba poco a dónde íbamos o lo que hacíamos los sábados y los domingos, siempre y cuando nos mantuviésemos lejos de su paz y tranquilidad. En nuestro primer fin de semana, habíamos jugado cartas y tres en línea en nuestra habitación y esperado a que Cecile anunciara que íbamos a algún lugar de aventuras que solo existía en California. Ya para el segundo fin de semana, yo sabía que debíamos tener un plan. Desde que salió el sol ese sábado, pensé que era un buen día para ir a la playa y recoger caracoles para llevar de recuerdo. Vonetta, Fern y yo nos habíamos puesto los trajes de baño y las gafas de sol, y yo le había pedido a Cecile que nos llevara a la playa. Yo nunca había hablado en marciano con nadie ni había recibido la mirada que solo se le daría a un marciano. En lugar de contestar nuestra pregunta, Cecile nos dio una mirada que decía, *¿Quiénes son ustedes y de qué planeta vienen?* Terminé llevando a mis hermanas a la piscina de la ciudad, donde nadamos y chapoteamos sin pensar en que el agua de cloro iba a alborotarnos el pelo. Cuando regresamos a su casa oliendo a cloro, le pregunté a Cecile si podía usar su peine caliente para plancharnos el pelo, por lo enredado que nos había quedado.

Esperaba que dijera que no enseguida porque llenaría de humo su sagrado espacio de trabajo con el pelo quemado por el peine caliente. De hecho, había esperado que dijera que no, seguido de: "Para empezar, yo no las mandé a buscar". No se me había ocurrido que Cecile no tuviera un peine caliente ni unas tenazas, a pesar de que el hecho era tan grande como sus trenzas sin planchar. Ella contestó: "¿Enredado? Ustedes no tienen el pelo enredado. No está confundido. Está como Dios quiere que esté". Eso habría sido noticia para Ma Grande. Nunca entrábamos a la casa de Dios sin tener el cabello planchado y con olor a pomada marca Dixie Peach.

Para nuestro tercer sábado en Oakland, tenía un plan mejor. Les dije a mis hermanas: "Vamos a una excursión". Ante las caras de incomprensión de Vonetta y Fern, expliqué: "Vamos en autobús a nuestra propia aventura". No tenía ningún sentido volar tres mil millas a la tierra de Mickey Mouse, las estrellas de cine y sol todo el año para no ver más que Panteras Negras, patrullas de policía y negros pobres. No era tan tonta como para ir a Hollywood, Disneylandia o la playa donde filmaban el programa *Happening '68* con roqueros como Paul Revere and the Raiders. Planifiqué pasar nuestro penúltimo sábado en California cruzando la bahía hacia San Francisco para montarnos en un tranvía y ver Chinatown, el famoso muelle de los pescadores y el puente Golden Gate. Eso sí era una excursión que valía la pena describir en el ensayo de vuelta a la escuela. Aunque no tuviéramos cámara para tomar fotos de nuestra aventura, sabríamos que habíamos estado allí.

Les dije a mis hermanas: "No digan palabra. Dejen que hable yo". Aunque sabía que a Cecile no le importaba, no quería que de repente se interesara por nosotras y empezara a hacer preguntas. Si hacía preguntas, tendría que inventarme historias; y no podía inventarme un montón de historias y mirarla a la cara como yo quería. Como que tengo once años, casi doce y sé lo que hago.

—Cecile, necesitamos dinero. Tengo actividades planificadas para todo el día y tenemos que comer mientras estemos afuera.

—Sí, tenemos que comer.

Me volví hacia Fern. *No digas más, Fern.* Ella entendió.

—Si les doy cereal antes de salir —dije— solo necesitaré menudo para el autobús, dinero para el almuerzo y un poco más si quieres que regresemos tarde.

Cecile casi alzó una ceja, pero no llegó a hacerlo. Se imaginó que nos traíamos algo entre manos, pero probablemente no quería enterarse de los detalles.

Buscó en el bolsillo de su pantalón de hombre y me echó un montón de monedas de cinco, de diez, de un centavo y de veinticinco en las manos. Las necesité ambas para agarrar todas las monedas. Sacó once billetes de uno de un fajo de billetes y también me los dio. Estaba tan aturdida con todo ese dinero que lo tiré en mi bolso. Lo organizaría después. Solo por el peso de las monedas sabía que teníamos más de los quince dólares que pensé que nos daría.

Me comí el cereal y lavé los platos con mi bolso colgado del cuello, al estilo de Brooklyn. La mejor manera de perder el dinero es llevar el bolso colgando del hombro, pero así, con el bolso atravesado, estás lista para cualquier cosa.

Cuando salíamos por la puerta, emocionadas por la excursión, Cecile gritó:

—No voy a ir a la estación de policía si van por ahí a robar. Tendrán que pasar la noche en la cárcel. —Ese era el mejor "Tengan cuidado y diviértanse" que íbamos a obtener de Cecile. Así que lo tomamos y nos fuimos.

Afuera, las calles y patios estaban repletos de niños alborotosos jugando. Me dio trabajo mantener a Vonetta y Fern concentradas en la excursión que tenía planificada. Había trabajado demasiado escribiendo todo para que no quisieran ir. Le había preguntada a la hermana Pat sobre el autobús y el tranvía. Había conseguido toda la información de turismo en la biblioteca. No iba a permitir que por cuenta de un juego de *kickball* y una fiestecita de Barbie, Vonetta y Fern pusieran caras largas porque querían quedarse aquí en este vecindario pobre y negro de Oakland.

Entonces sucedió lo peor que podía suceder. Hirohito se nos acercó en su *go-kart* de fabricación casera. Frenó con sus zapatillas de tenis, justo delante de los pies de Vonetta. Ella chilló y se rio y dijo:

—¿Qué adivinas, Hirohito? —Era una frase que ella y Janice Ankton se habían inventado. Yo estaba harta de escucharla.

—Delphine. ¿Quieres ver cómo vuelo cuesta abajo?

—No —dije, mientras mis hermanas gritaban, *"¡Sí!"*

Miré mi Timex. *No te quedes aquí mirando a Hirohito en su* go-kart, decía. *El autobús de East Bay parte dentro de doce minutos. No tienes tiempo para eso.*

Vonetta y Fern cruzaron los brazos y no se movieron. Vieron a Hirohito correr y tirarse sobre el *go-kart* y bajar dando tumbos. Cuando se iba acercando al final de la cuesta, arrastró los tenis como Pedro Picapiedra y se detuvo. Entonces se puso de pie de un salto y se volteó hacia nosotras, saludándonos. Vonetta y Fern le contestaron el saludo.

—Vamos a verlo otra vez —dijo Vonetta.

—Es un chico rodando cuesta abajo —dije—. Ya lo vimos. Vámonos.

No podía decir que era emocionante ver como saltaba

sobre esa cosa y rodaba cuesta abajo, virándola a derecha e izquierda y luego desviándola. No podía decir que lo admiraba por no llorar por su padre estar en prisión y por intentar ser un chico normal. Si es que quieres decir que Hirohito Woods es normal. Ciertamente no quería que Vonetta se equivocara y pensara que estaba tan loquita por él como ella y Janice. Porque no lo estaba. Era tan solo un chico, y yo no quería perder el autobús de nuestra aventura.

El autobús partió del Oakland negro y pobre, donde se hacían filas para comer desayuno gratis y los hombres andaban parados por ahí porque no había empleos, pero sí demasiado alcohol. Estábamos contentas de partir. Cada una iba mirando en direcciones distintas, tratando de abarcarlo todo. Finalmente estábamos de camino a la aventura.

Observaba a Fern, pegada a la ventanilla del autobús y cantando en voz baja. Me preguntaba si extrañaba a Miss Patty Cake. Cuánto amaba a Miss Patty Cake, mucho antes de que pudiera caminar. Cuando echó los dientes, los estrenó en los brazos y las piernas de Miss Patty Cake, le comió el pelo porque no sabía que no lo debía hacer, la apretujó, durmió con ella, le dio de comer y le cantó. Siete años de amar a Miss Patty Cake y ahora ni siquiera la mencionaba.

Puedo estudiar cada movimiento de Fern y aun así no conocerla por completo. Hay cosas de ella que no entiendo de la misma forma que entiendo a Vonetta. Después que

Miss Patty Cake se estropeó y la guardamos, yo dormía mal, porque esperaba que Fern se despertara durante la noche, extrañando a su verdadero amor. No es que yo quería que Fern estuviese desconsolada. No quería que amara a alguien toda la vida y después no lo amara o quisiera para nada. Aunque fuera una muñeca. No se puede ser así.

Quería decirle algo a Fern, pero en ese momento se tapó la boca con la mano y soltó un ¡Oh! como si hubiera visto algo malo, una mujer corriendo desnuda por la calle o algo así. Era ese tipo de ¡Oh!

—¿Qué, Fern?

Tenía los ojos desorbitados y la mano seguía sobre la boca. Vonetta y yo seguíamos diciendo:

—¿Qué pasa, Fern? ¿Qué pasa, Fern?

Tragó una bocanada de aire y retiró la mano de la boca. "Vi algo". Lo dijo de nuevo, y pasó de estar emocionada a estar complacida. "Yo vi al-go". Marcó el ritmo con las manos. *Clap, clap, clap, clap.*

No importa cuántas veces preguntamos, Fern negó con la cabeza, marcó el ritmo con las manos, y cantó su canción: "Vi al-go".

Fern estaba complacida de que había visto algo. Vonetta estaba segura de que no había visto nada, y yo recordé que él había dicho "Delphine". *Delphine. ¿Quieres ver cómo vuelo cuesta abajo?*

Ojalá tuviésemos una cámara

Cuando llegamos a San Francisco, Fern dejó de cantar "Vi al-go", y dejamos de preguntarle qué había visto. Nos bajamos del autobús y nos recibieron unos *hippies* que pasaban el rato cerca de la parada del autobús. No debimos quedarnos observándolos como si fueran monos de circo, pero no pudimos evitarlo. No veíamos a muchos *hippies* en Brooklyn, donde vivíamos; y delante de nosotras había toda una tribu. Todo tipo de *hippies*, la mayoría blancos con pelo largo y suelto. Era imposible no fijarse en el tipo del poncho mexicano verde, rojo y blanco, y la mata de pelo que le cubría la cara. Yo lo habría descrito como un afro, excepto que estaba en la cabeza de un tipo blanco. Me pregunté si eso hacía alguna diferencia.

Los *hippies* estaban sentados en el césped. Uno leía un librito. Tres chicas se movían al ritmo de la guitarra que tocaba el hombre del poncho. Deben de haber estado protestando y habrían acabado ya. Los carteles estaban en el suelo: PAZ. CERO SERVICIO MILITAR. HAZ EL AMOR, NO LA GUERRA.

Deseé haber tenido una cámara.

—Paz, hermanitas. —El hombre del poncho inclinó la cabeza, como señalando hacia el estuche abierto de su guitarra.

No sé qué me hizo decirlo, pero en lugar de "Estupendo", o "Paz", dije:

—Todo el poder para el pueblo.

Entonces Vonetta añadió:

—Libertad para Huey.

Y Fern remató:

—Sí. Libertad para Huey Newton.

Fue entonces que la conocimos. La chica de las flores. ¡Por fin vimos una! Había muchísimas canciones en la radio sobre chicas *hippies* que llevaban flores en el pelo. Ella tenía margaritas: se nos acercó, y con ojos soñadores bailó en su vestido vaporoso salpicado de pintura. Se sacó una margarita del pelo y se la dio a Fern. Luego le dio una a Vonetta, porque Vonetta no iba a permitir que la pasaran por alto.

—La paz es poder, queridas hermanitas.

Queríamos reírnos, pero lo dejamos para después.

Tomamos las flores y echamos dos monedas de cinco más cinco céntimos en el estuche de la guitarra del hombre del poncho. A pesar de que podía haberlo averiguado por mí misma, le pregunté dónde era la calle Grant. Él señaló hacia el este. Hicimos el signo de la paz y el del poder y caminamos a la calle Grant.

Nos emocionamos al ver los rieles de metal en la calle. El tranvía estaba en segundo lugar en mi lista de actividades. En primer lugar estaba visitar Chinatown.

Te das cuenta de que has llegado a Chinatown porque los edificios son iguales a como son en China. "Eso es un templo" les dije a mis hermanas. Yo había visto fotos en la revista *National Geographic* y en la enciclopedia. Nada comparado con ver los techos en la realidad, como pantallas de lámpara con tejas o sombreros. Dragones de todos los colores. Dorados, rojos, azules, rosados. Cabezas grandes con colmillos grandes, ojos grandes y garras monstruosas. Hacía falta una cámara.

Compartimos un plato de *wonton* y tomamos té gratis. Ninguna de nosotras podía sostener los *wonton* entre los palitos chinos, así que usamos tenedores. Después de eso encontramos un lugar donde solo hacían galletitas de la fortuna. Nos dejaron entrar y mirar a las señoras meter las fortunas dentro de la masa amarilla de las galletitas, y luego doblar la masa. Compramos diez galletitas de la fortuna por un dólar. Nuestra primera fortuna decía, *Viajarás lejos*. Yo dije: "Ya lo hicimos". Pero puse todos los pedacitos de papel rosado y blanco en mi bolso como recuerdo. Ahora podíamos decir que habíamos comido galletitas de la fortuna de verdad en Chinatown.

Miramos embobadas todo lo que aparecía en los escaparates de las tiendas. Estatuillas verdes que descubrí que eran jade esculpido. Muñecas de porcelana. Abanicos. Vestidos de seda y satín con cuello Nehru. Casi me sentí mal por no tener más dinero para gastar.

—Quiero un kimono —declaró Vonetta.

—Yo también. Uno azul —dijo Fern.

—Los kimonos son japoneses —respondí, como si supiera la diferencia—. Y estamos en Chinatown.

—Es lo mismo —afirmó Vonetta—. Y yo quiero uno.

—No lo es —le contesté—. Y tenemos exactamente cinco dólares para *souvenirs*, así que no estás de suerte.

Mientras discutíamos sobre lo que era chino y lo que era japonés, me fijé en una familia de cinco personas altas y rubias cerca de nosotras. No las miré directamente, pero sabía que nos miraban fijamente.

El corazón me latía rápido. Estaba sucediendo. Esa cosa mala que les pasa a los chicos que se van de excursión sin su madre. Traté de acallar a Vonetta, que pensaba que estaba ganando nuestra discusión. Tenía que alejar a mis hermanas de esta gente que nos miraba. Y luego, ¿qué le diría a la policía cuando nos preguntaran sobre nuestra madre? Estábamos fritas.

Cuando me di vuelta, me di cuenta de que las cinco

personas nos sonreían, y las caras parecían largas debido a sus pómulos altos y los dientes largos y blancos. Saludaron con la mano.

Había visto a gente blanca antes. En la TV. En la escuela. En todas partes. Estas personas no se parecían a ninguna persona blanca que yo hubiese visto antes. Su piel era todavía más pálida, el pelo más blanco que amarillo. Escuché mientras hablaban entre ellos, probablemente acerca de nosotros, en jeringonza. Entonces, en lugar de tomar fotos de todos los chinos y de los templos y dragones, apuntaron sus cámaras hacia nosotras. Vonetta empezó a posar como estrella de cine, con una mano detrás de la cabeza y la otra en la cadera. Les agarré las manos a Vonetta y a Fern y dije: "Vámonos".

Miré mi Timex. Era casi la una. Eso significaba que se nos había terminado el tiempo en Chinatown y que tenía que pasar a nuestra siguiente actividad. Un paseo en el tranvía. Nos dirigimos a donde había rieles de metal en la calle y esperamos. A la una en punto, en efecto, estábamos en nuestra próxima actividad. Un viaje en tranvía desde el punto más alto de Chinatown hasta el famoso muelle de los pescadores, el Fisherman's Wharf. Nos montamos y pagué el pasaje. Nos quedamos de pie porque de pie sería más divertido bajar la cuesta. ¡Y qué cuesta! Fue una vista electrizante hacia abajo. Las calles rodaban como dragones danzando. Hirohito no sabía nada de cuestas.

Necesitábamos una cámara para captar esta pendiente.

Qué empinada. Qué larga. La recorrimos completa hasta el muelle, y gritamos de alegría cada vez que sonaba la campana.

Habíamos llegado cerca del muelle. Había palmeras; palmeras de verdad con troncos recios. Aquí, las palmeras tenían sentido. Se erguían como se supone que estén erguidas las palmeras, tratando de alcanzar el sol, con las ramas extendidas. No como un niño enfermo, demasiado pequeñas y encorvadas en el patio de alguien en la parte de los negros en Oakland.

Al bajarnos del tranvía, pudimos ver el puente Golden Gate perfectamente bien, pero nos turnamos para verlo por el telescopio que estaba allí en el paseo tablado. Mirando hacia el puente, sentí lo que casi sentí en el avión. La emoción pura de ver el mundo. Hasta las gaviotas eran más gaviotas que las que volaban y graznaban por Coney Island. Estos pájaros de alas anchas parecían más grandes y majestuosos, tanto de cerca como de lejos. O quizás era que podíamos ver y oler el océano y la brea, la sal y la madera del muelle. Respiré hondo para captarlo todo. Qué pena que no hubiese manera de capturar el olor del embarcadero en un frasco para llevármelo. Por un minuto me olvidé de que estaba con mis hermanas. Entonces recordé lo que papá había dicho, y me detuve antes de salir volando con el olorcito a salitre y las gaviotas como si fuese una *hippie* soñadora. Estaba contenta de estar allí, y eso tenía que bastar. No había necesidad de llegar al punto del embelesamiento y el despiste.

Nos detuvimos en una tienda de regalos en el muelle. El hombre que estaba detrás del mostrador no nos quitaba los ojos de encima. Al principio pensé que se debía a que estábamos por nuestra cuenta, así que les dije a Vonetta y a Fern que se comportaran superbién. Pero entonces escuché las últimas palabras de Cecile en mi mente. Su mirada fija se debía a la otra razón por la cual los dependientes de tienda nunca se distraen. Éramos niñas negras, y él pensaba que estábamos en su tienda para robar. Cuando nos preguntó qué queríamos, le respondí como si estuviese en el Centro del Pueblo, repitiendo lo que había dicho la hermana Mukumbu o la hermana Pat: "Somos ciudadanas y exigimos respeto".

Agarré a Fern por la mano y dije: "Vámonos".

Yo tenía esa cosa de los Panteras Negras por dentro, y estaba saliendo todo el tiempo. Pensé que estaba bien. Papá no hubiera querido que gastáramos nuestro dinero en un lugar donde no nos trataban con respeto. Pero estoy segura de que Ma Grande habría deseado que dijéramos "Sí, señor" y "Por favor, señor" para mostrar que éramos tan civilizadas como cualquier persona.

Caminamos un poco más por el muelle y encontramos a una viejita con un carretón de madera a quien comprarle nuestros *souvenirs*. Tenía más que nada tarjetas postales, cucharillas de plata, dedales y vasitos que decían WELCOME TO SAN FRANCISCO. Su carretón no era tan chévere como la tienda, pero ella no tenía dientes y estaba feliz de recibir nuestras monedas de cinco y de diez. Puesto que no teníamos cámara, pensé que comprar diez postales por cincuenta centavos sería lo que más se acercaba. Les dije a mis hermanas que escogieran tres postales cada una. Una para conservar de recuerdo de nuestra excursión a San Francisco, una para enviar a Pa y Ma Grande y una para enviar a tío Darnell en Vietnam. Más tarde pensaría en qué haríamos con la postal que quedaría. Por lo menos ahora teníamos algo que mostrar de nuestro viaje a California.

Tomamos el tranvía hasta la parada de autobús y el autobús de East Bay de regreso a Oakland. Hablamos y hablamos de todas las cosas que habíamos visto, y de los *hippies,* y de la gente alta, rubia y blancuzca, y de los dragones rojos y dorados, y de las cuestas empinadas, y del tranvía, y de las gaviotas, y los *wonton,* y de todo. ¡Cuánto se sorprendería Cecile cuando le dijéramos dónde habíamos ido!

Entonces me sentí mal porque no le habíamos traído nada del carretón de *souvenirs.* No había pensado en ella para nada, y el sentimiento de culpa comenzó a dominarme. Les dije a mis hermanas:

—Somos egoístas. No compramos nada para Cecile. —Antes de quedarnos en completo silencio, cocinándonos en nuestro egoísmo, Vonetta dijo:

—No querría nada, de todas maneras. —¡La buena de

Vonetta! Fern y yo estuvimos de acuerdo con ella:

—Sin duda que no lo querría.

En cierto sentido, me alegré de estar de vuelta en el Oakland negro, con el sol todavía brillante. A pesar de lo mucho que me gustó nuestra aventura, siempre estuve vigilante. Aquí, sabía dónde estaba todo: el Centro del Pueblo, el parque, la biblioteca, la piscina de la ciudad, el supermercado Safeway y el negocio de Ming la Malvada. Nadie te miraba fijamente, a menos que fuera porque no les gustaban tus zapatos o tu peinado. No porque eras negra o pensaban que estabas robando. A pesar de la mucha falta que nos hacía salir y tener nuestra aventura californiana, era agradable estar de vuelta. Aunque no fuera nuestra verdadera casa. Todavía cargaba mi bolsa al estilo de Brooklyn, pero ahora pesaba menos y no me preocupaba.

Entramos donde Ming la Malvada y le dimos todo el cambio que quedaba excepto por dos billetes de dólar.

—¿Qué podemos comprar con esto?

Ming la Malvada gritó algo malvado a la cocina y en diez minutos teníamos una bolsa marrón que olía a arroz frito y alitas de pollo. Pensé que un día de comida para llevar no haría daño, pero, honestamente, estaba demasiado cansada y contenta para cocinar. Estaba deseosa de contarle a Cecile sobre nuestro día de vacaciones. Quería hacer alarde de lo bien que lo había planificado todo hasta el último minuto, de que sabía qué hacer, y quería ver si a ella le importaba.

Estábamos a una cuadra de la casa de estucado verde, hablando y riendo. Entonces dejamos de caminar. Las tres. Había tres patrullas de policía estacionadas frente a la casa de Cecile. Una en la entrada para el auto y dos frente a la acera. Había policías parados a lo largo de la acera. Las luces de las patrullas encendían las calles de rojo, blanco y azul por todas partes. Nos acercamos poco a poco; se había esfumado toda la alegría.

Cecile y dos Panteras Negras. Las manos esposadas detrás de la espalda. Conducidos fuera de la casa, por el sendero del jardín. Yo apenas podía respirar.

Las hermanas Clark

Estábamos a pocas casas de distancia cuando Vonetta dijo: "¡Miren!". Podía sentir a Fern deseosa de saltar, lista para gritar, pero la aguanté y las mandé a callar a las dos.

—¿Y sus derechos? —dijo Vonetta.

—Sí. Nosotras sabemos sobre derechos —añadió Fern.

—Solo cállense —dije. Sentía el corazón a punto de estallar—. Son Panteras. Son gente grande —añadí, aunque no pensaba que Cecile fuese en realidad una Pantera—. Ellos conocen sus derechos.

—Pero…

Le dije a Vonetta que hiciera silencio. Estábamos llegando a la casa y las luces de las patrullas seguían encendidas.

Cecile era casi tan alta como el policía que la acompañó hasta la patrulla. Él se inclinó un poco para decirle algo. Ella replicó en voz bien fuerte:

—¿Hijos? Yo no tengo hijos. Esas son de los Clark y viven más abajo. —Ni siquiera nos miró.

Ahora estábamos más cerca, donde la policía podía vernos bien. Con mis hombros, brazos y piernas exactamente como los de ella, los ojos de no-me-importa-nada de Vonetta exactamente como los de ella, y Fern una versión más pequeña de Vonetta y mía, confirmé:

—Ella no es nuestra mamá. Yo soy Delphine Clark.

—Yo soy Vonetta Clark.

—Yo soy Fern Clark.

—Y vivimos más abajo en esta calle.

—Con Pa y Ma Grande.

—Sí. Más abajo en una casa de estucado azul.

—No con esta señora —aseguré.

—No con ella.

—Sin duda que no.

Ya habían empujado a Cecile al asiento trasero del auto.

Les dije a mis hermanas, sin mirar a Cecile: "Vámonos". Seguimos de largo, dejando atrás a nuestra mamá. Caminamos con nuestra bolsa de arroz frito con alitas de pollo lo más lejos que pudimos sin mirar hacia atrás, con el corazón que se me quería salir del pecho y el olor a arroz frito dándome náuseas.

¿Por qué había arrestado la policía a Cecile? Ella

escribía poemas como "Envíennos de vuelta a África" y poemas como "Tipo móvil". Ella no escribía poemas tipo "Muerte al cerdo" ni poemas tipo "Muerte al blanquito", si es que escribir poemas era un delito.

Era justo lo que la hermana Mukumbu y el Loco Kelvin trataban de enseñarnos. En Oakland te arrestaban por ser algo. Por decir algo. Si luchabas por la libertad, más tarde o más temprano te arrestarían.

Fern preguntó:

—¿Por qué dijo que no tenía hijos?

—Tenía que decirlo —contesté.

—¿Por qué?

—Porque nos habrían llevado, separado y enviado a la correccional o algo así.

—No quiero ir a la correccional —reaccionó Fern.

—Pues lo dijo bien fácil —añadió Vonetta—. ¿Hijos? Yo no tengo hijos. Como si dijera: ¿Piojos? Yo no tengo piojos.

Yo le recordé:

—Y nosotras dijimos que éramos las niñas Clark bien rápido, bien fácil.

—Yo te estaba siguiendo a ti —reaccionó Vonetta.

—Yo también —siguió Fern.

—Es que teníamos que decir eso. ¿Querían que nos enviaran a la correccional? ¿O que llamaran a Pa y a Ma Grande para que se agobiaran de la preocupación? Hubiésemos tenido que esperar en la correccional hasta que Pa o Ma Grande vinieran de Nueva York a buscarnos. A ustedes no les gustaría la correccional. Es como la cárcel.

Ya para cuando dimos la vuelta y empezamos a caminar de regreso, las patrullas se habían ido, llevándose a Cecile y a los dos Panteras Negras.

Usé mi llave para entrar. No pude adivinar, por lo que vi en la sala, lo que había sucedido entre Cecile, la policía y los dos Panteras Negras. No habían abierto la puerta a la fuerza como en casa de Hirohito. Cecile no tenía gran cosa en su casa, para comenzar. Entonces empujé la puerta batiente de la cocina. Por costumbre, Vonetta y Fern se quedaron en la sala hasta que oyeron mi grito ahogado. Me siguieron velozmente y se asomaron con timidez.

Manchas de tinta roja y negra embadurnaban el piso cubierto de alitas estrujadas y desgarradas de papel blanco. Habían arrancado las gavetas de los armarios. Había bloques grandes y pequeños de letras de metal por todas partes. Bloques de aes, eses y tes, papel y tinta, en todos lados. La imprenta, volcada. Los rodillos, fuera de sitio. Las patas de mi taburete de segunda mano, partidas y arrancadas del asiento.

Lo único que pudimos hacer fue digerirlo. Vonetta y Fern estaban viendo el interior de la cocina —el lugar de trabajo de Cecile— por primera vez. Yo me estaba imaginando lo que había sucedido. Que Cecile no los quería en su casa. En su lugar de trabajo. Donde solo me permitía a mí, y a la distancia. Que la policía pudo haber tocado sus papeles o sus letras con manos torpes de policía. Cecile

186

pudo haberse vuelto loca como yo sabía que podía, en lugar de decir: "Soy una ciudadana y tengo derechos". Puede que ella y los Panteras Negras hayan exigido ver la orden de registro de los policías. Puede haber tratado de proteger sus poemas.

El taburete roto me dijo más de lo que yo quería saber.

Encontré tres tenedores. Dos en el piso y uno en el fregadero. Los lavé y también lavé tres platos, y regresamos a la sala. Vonetta colocó el mantel en el piso y nos sentamos a comer. Durante la bendición, le pedí a Dios que protegiera a Cecile mientras estuviera bajo arresto, y después comimos. Ming la Malvada nos había regalado dos alitas adicionales, y eso estuvo bien porque estábamos hambrientas. Hambrientas, en *shock* y cansadas.

—Tenemos que limpiar la cocina de Cecile antes de que regrese.

—¿Por qué? —preguntó Vonetta—. No la regamos nosotras.

—Sin duda, no fuimos nosotras —dijo Fern.

—Vamos a limpiar la cocina porque sí.

—¿Porque sí?

—Porque debe verse bien cuando Cecile regrese a casa mañana.

Esperaba comentarios impertinentes de Vonetta, y que Fern estuviese de parte de ella. Esperaba un dime y direte en que ellas dijeran "Oh no, no lo haremos", mientras que yo diría "Oh sí, lo vamos a hacer".

En cambio, Vonetta preguntó:

—¿Y si no viene mañana? ¿Y si la mantienen encerrada como al hermano Woods?

—Sí— dijo Fern—. Podrían tenerla encerrada y no dejarla salir nunca.

Tenían razón. La policía podía mantener a Cecile encerrada durante días. Tal vez más.

Mis hermanas esperaban mi respuesta, pero por primera vez no encontré qué inventarme. Solo pude guardar la comida, los platos y los tenedores.

Di a luz una nación

Me daba igual lo que Ma Grande dijera sobre cómo restriega una muchacha de un poblado con una sola vaca cercano a Prattville, Alabama. Solo el aguarrás limpiaría la tinta negra y roja que había impregnado el piso de linóleo. Limpié toda la que pude antes de acostarme esa noche. Todo lo demás —el papel, las letras de metal y el desorden que la policía había dejado— tendría que esperar hasta que nos despertáramos. El día había sido demasiado largo.

Cuando abrí la puerta por la mañana, la cocina no se veía mejor. Rayos de sol atravesaban las cortinas baratas de Cecile y decían: *Delphine, tienes un montón de trabajo que hacer. Un montón, nena.*

Estaba decidida a hacerlo. Recoger, guardar y limpiar el piso. Pero todavía estaba cansada, algo que no tenía sentido para mí. Hasta había dormido más que de costumbre. Y, sin embargo, lo único que pude hacer fue dar un gran suspiro cuando vi el interior de la cocina de Cecile. Todo lo que me hacía alta, capaz y lista para hacer lo que había que hacer me hacía suspirar. Recogí el taburete roto, el asiento, las patas y las astillas de madera, y lo llevé todo a la basura. No había nada que pudiera hacer con la imprenta; pesaba demasiado. Usé toda mi fuerza para ponerla al derecho sobre el piso. Limpié los rodillos y los coloqué sobre la máquina. Luego desperté a Vonetta y a Fern, y las puse a trabajar.

Sin decir ni pío, Vonetta recogió todos los papeles, y ¡mira que había papeles! Los distribuyó en montañitas. Los papeles sucios y estrujados en una. Los que anunciaban la concentración en otra. Las hojas impresas con las poesías de Cecile que tenían su nombre de poeta Nzila impreso al final, en otra. Vonetta pasó la mayor parte del tiempo separando los distintos poemas; y entre uno y otro, los leía.

Le pedí a Fern que buscara por el piso las letras de metal y las pusiera en la mesa donde antes estuvo la imprenta. Nunca me di cuenta de la cantidad de letras de metal que Cecile tenía en las gavetas y los armarios de la cocina. Tenía cajas y cajas de letras. Letras mayúsculas y minúsculas, grandes y pequeñas. Distintos tamaños y tipos de tes. Algunas más cuadradas, otras más curvas. Algunas sesgadas, pero no como los ojos de Hirohito. Sesgadas como una flor cuyo tallo se inclina en un día soleado. Algunas oes y cus, y ces largas y estrechas. Otras redondas y rechonchas. De todos los tamaños, de todos los tipos. Estaban por todas partes. ¿Eran "tipos móviles", como su poema? ¿Cada letra libre para ser lanzada a las cuatro esquinas?

Entonces Fern encontró dos de las letras especiales de Cecile. Las que ella usaba para su nombre de poeta. La N y la Z. Yo encontré la I, la L y la A. Las lustré con el paño de la cocina. Eran un tipo especial. Altas y curvas, con ganchos en los extremos, la Z echada hacia atrás, como una serpiente a punto de atacar. En su colección, estas letras eran las únicas de este tipo. No me sorprendería que hubiera echado a la basura las demás, o que estas fueran las únicas que compró. Solo para poder escribir su nombre con ellas.

Limpié el piso una vez recogidos los papeles, los bloques de letras y arreglado el desorden. Llevamos todas las letras y las cajas a la sala y extendimos el mantel. Pasamos el resto de la tarde organizando las letras de Cecile. Era como un juego. Encontrar las letras correctas, el tipo correcto, el tamaño correcto. Coloqué las letras "Nzila" en una caja por separado. No sabíamos si era esa la forma correcta, pero era una forma de hacerlo. Vonetta sacó uno de los poemas de Cecile y nos lo leyó.

—Yo creo que es sobre nosotras —dijo Vonetta—. Mira el título: *Di a luz una nación*.

—Puede que tengas razón —dije.

—Sin duda que sí.

Vonetta dijo: "Debemos hacer este poema". Lo leyó de nuevo. Era un poema que se prestaba para leer en voz alta. De la misma manera que "Realmente *cool*" era un buen poema para recitar. Y lo hicimos con ella. Cada una decía un verso, una tras la otra. Luego escogimos una estrofa cada una, pero decíamos la última juntas. Decidimos que el poema de Cecile era, de cierto modo, como *Seca tus ojos*. Decidimos que era sobre la Madre África que pierde a sus hijos, como Cecile nos perdió a nosotras. No les recordé a mis hermanas que Cecile nos había abandonado.

Entonces tocaron a la puerta y nos paralizamos. Recordamos que estábamos en la casa de estucado verde de Cecile donde los Panteras Negras habían venido y la policía había venido, y Cecile había sido arrestada, y nosotras se suponía que fuéramos las hermanas Clark de más abajo en la calle. No las hijas de Cecile recitando sus poemas en su casa.

Nos convertimos en espías. Formé con la boca la palabra "Silencio" y esperé que quien estuviese en la puerta se fuera. Tocaron de nuevo. Me llevé un dedo a los labios. Entonces Vonetta levantó la cabeza y miró por la cortina.

—Es Hirohito —gritó—. Con una señora oriental.

No sabía si estar furiosa con Vonetta por estar loquita por Hirohito, como de costumbre, o aliviada de que fuera Hirohito, o nerviosa por la señora.

Entreabrí la puerta.

Hirohito dijo en voz alta:

—Abre, Delphine. Soy yo. Y mi mamá.

¿Su mamá? Miré a mis hermanas. Mis hermanas me miraron a mí. Vonetta movió los brazos como un pájaro, pidiendo que abriera la puerta. Yo no quería, pero lo hice. La mamá de Hirohito traía un molde cubierto de papel de aluminio. Entonces me sentí maleducada y estúpida.

—Hola —dije—. Pueden entrar, pero mi mamá no está en casa.

Nunca había dicho eso a nadie antes. "Mi mamá", de verdad.

Vonetta y Fern eran todas sonrisas.

Cerré la puerta rápidamente después que entraron.

—Sé que tu mamá no está en casa, Delphine —dijo la madre de Hirohito—. Lo sé.

—Regresará pronto —dije—. Quizás mañana. —La realidad era que no sabía nada sobre Cecile ni de por qué se la habían llevado ni cuánto tiempo pasaría antes de que regresara.

—Mira. Mi mamá preparó esta comida, y yo tengo hambre. Vamos a comer.

Como reacción, la señora Woods le dio un manotazo en la cabeza a Hirohito y le dijo algo en japonés. Él contestó:

"Pero tengo hambre, mamá".

Me sentí avergonzada porque no teníamos mesa ni sillas. Desde luego, no quería que eso se supiera en el Centro del Pueblo mañana. Ya se habían reído de nosotros suficiente para todo el verano. Pero la mamá de Hirohito ni pestañeó cuando dijo: "Nosotros siempre comemos en el piso". Puso las bandejas en el suelo mientras yo buscaba los platos, tenedores y la cuchara de servir más grande que pude encontrar. Vonetta y Fern solo reían y le pedían a Hirohito que dijera algo en japonés. Él puso los ojos en blanco.

Nos sentamos y comimos chuletas de cerdo fritas, arroz y judías verdes. Yo quería comer con elegancia, como la señora Woods, pero comí con hambre, como Cecile. Hirohito también comió con hambre. Se sirvió más arroz y judías en el plato y, al ver que yo casi había terminado, me echó más arroz y judías en el mío. No pude levantar la vista para mirarlo. Me limité a comer.

La señora Woods afirmó:

—Sabemos las mismas cosas. Tenemos que mantenernos unidos.

Los que dicen que no

Le entregué a la hermana Mukumbu los pocos volantes que Cecile había impreso. Ella, la hermana Pat, el Loco Kelvin, las señoras que servían el desayuno y todos los demás sabían que Nzila había sido arrestada. La hermana Mukumbu dijo que nos debíamos quedar con ella hasta que liberaran a Nzila.

Es curioso cómo cambian las cosas. Si Cecile hubiese sido arrestada recién llegadas nosotras a Oakland, yo habría llamado a Pa y él se habría asegurado de que mis hermanas y yo tomáramos un avión de vuelta a Nueva York. Nada me habría hecho más feliz en aquel momento que dejar a Cecile y a Oakland. Pero no habíamos conseguido lo que habíamos venido a buscar. En realidad, no conocíamos a nuestra madre, y yo no podía irme sin saber quién era ella. Definitivamente no quería decirle a Ma Grande que todo lo que ella había dicho sobre Cecile durante los pasados siete años era cierto. Que Cecile no era madre para nada y había logrado que la arrestaran para probarlo. Ya era malo escuchar a Ma Grande haciendo suposiciones en voz alta sobre todos los problemas en los que Cecile se metía por egoísta. Un día sí y otro también; no tendría fin la cantaleta. Y no se le podía decir a Ma Grande que Cecile luchaba por la libertad, en contra de la opresión del *establishment*. Un día sí y otro también, Ma Grande me dejaría los oídos tronando a causa de Cecile.

No. No podía llamar a Pa todavía. ¿Y si a Cecile la dejaban ir mañana?

Le agradecí a la hermana Mukumbu su ofrecimiento y le dije en la voz más baja posible que nos estábamos quedando con Hirohito y su mamá. Definitivamente no quería que Eunice y sus hermanas supieran que nos estábamos quedando en casa de los Wood. Aunque Vonetta había prometido no decir nada, pensé que no sería capaz de callárselo. Haría cualquier cosa por darle celos a Janice. "Nuestra mamá esperará que estemos en casa cuando la dejen salir. No le agradará mucho andar por la ciudad buscándonos si no estamos en casa".

La hermana Mukumbu dijo que estaríamos más seguras con la señora Woods que por nuestra cuenta y la hermana Pat añadió: "La policía todavía está velando la casa".

Le pregunté a la hermana Mukumbu por qué nuestra mamá había sido arrestada. Ella respondió que la policía en realidad buscaba a los otros dos que habían sido arrestados con ella. También dijo que nuestra madre ayudaba a difundir el mensaje ofreciendo gratuitamente sus servicios de impresión. "La información es poder", me dijo, como si estuviésemos en clase. "Mantener al pueblo informado mantiene al pueblo empoderado".

Cecile no era exactamente como el padre de Hirohito, que andaba por ahí difundiendo el mensaje y diciendo la verdad. Se quejaba de tener que imprimir cualquier cosa que no fuera su poesía. No le dije eso a la hermana Mukumbu. Y, honestamente, creo que dijo eso de que Nzila le daba poder al pueblo para hacerme sentir bien después de haber visto que se llevaban a mi madre esposada.

El Loco Kelvin levantó el puño y dijo:

—Resistan, mis hermanas negras. Con la cabeza en alto.

Vonetta le hizo la señal del poder, pero Fern lo señaló con el dedo y preguntó:

—¿Qué hay aquí que no cuadra?

Él se rio como si Fern fuera una niñita tonta. Para alguien de la edad de Kelvin, ella era justo eso. Una niñita tonta. A su risa, Fern respondió:

—Buen perrito, Fido. —Y entonces ladró—: Guau, guau.

Vonetta y yo nos sentimos avergonzadas y sorprendidas de que Fern le hablara a Kelvin como si fuese un perro y luego le ladrara. La alejé de allí.

Fern se rio y tarareó la canción que cantaba en el autobús, "Yo vi al-go", y daba palmadas.

Después que practicamos que Janice Ankton, en el papel de Harriet Tubman, nos condujera a la libertad, la hermana Mukumbu anunció que haríamos trabajo comunitario. Llevaríamos los volantes de la hermana Nzila a la comunidad y les pediríamos a los dueños de los negocios que los colocaran en las vidrieras. Cada uno de nosotros debía presentarse al gerente o propietario. Debíamos ser respetuosos y claros: "Buenas tardes. Somos del campamento de verano del Centro del Pueblo y vamos a participar en la concentración del pueblo. Le pedimos que ayude a la gente de su comunidad exhibiendo el anuncio de la concentración de este sábado". Los chicos mayores, como Eunice, Hirohito y yo, también incluimos información sobre las pruebas gratuitas de anemia falciforme, de cómo registrarse para votar, zapatos gratis para los pobres, el apoyo a Huey Newton y el cambio de nombre del parque al Parque Bobby Hutton. Si el gerente del negocio decía que sí, debíamos darle las gracias y pegar un volante al cristal. Si decía que no, debíamos irnos respetuosamente, igual que llegamos. "Con la cabeza en alto", dijo la hermana Mukumbu.

A Hirohito le tocó primero. Fue a la iglesia de San Agustín y le hizo su petición a un sacerdote que él parecía conocer. A Hirohito le fue bien. El sacerdote parecía más que dispuesto a aceptar el volante de Hirohito. Era de esperarse. La iglesia daba desayunos gratis y bolsas de alimentos a la gente pobre. Como diría la hermana Pat, "estaban con la causa" o, como diría Huey, "llevaban el peso". Aun así, Hirohito se felicitó cuando volvió al grupo.

Se suponía que yo hablara con Ming la Malvada, pero yo sabía que ella me diría que sí. Dije: "Fern, tú le caes simpática a Ming la Malvada. Ve tú". Fui tras ella, pero a cierta distancia. Fern no pudo recordar todo el discurso, pero lo que llegó a decir fue suficiente.

—Buenas tardes, Ming Malvada. Nos gustaría poner el volante de la concentración del pueblo este sábado en su vitrina. ¡Libertad para Huey! ¡Todo el poder para el pueblo!

A Ming la Malvada no le irritó que Fern la llamara Malvada. Sus quejas, en chino, sonaban igual que sus quejas sobre los clientes que querían más salsa de pato o un rollito primavera gratis. Eso no le impidió tomar el volante de Fern y pegarlo en la vitrina.

Vonetta y Janice Ankton fueron a la Panadería Shabazz juntas. Otra presentación fácil. La panadería tenía fotos de Malcolm X y eslóganes del Poder Negro en las paredes. A Vonetta y a Janice no les importó. Ambas salieron de la panadería sacudiendo los brazos como si hubiesen bateado un jonrón.

Negros, blancos, mexicanos o chinos. Negocios grandes

199

y pequeños. Algunos movieron la cabeza de norte a sur, y otros de este a oeste. Hubo otros que, a mitad de presentación, sencillamente nos señalaron la puerta. En esos casos, en particular, la hermana Mukumbu nos felicitó por lo bien que nos habíamos presentado y cómo nos habíamos ido. Respetuosamente, con la cabeza en alto.

Eunice y yo fuimos a las tiendas más difíciles. Las tiendas de los que dicen que no. Los lugares donde no teníamos una sonrisa garantizada. Ambas habíamos escuchado un "no" antes. Las miradas duras de los adultos a quienes no les gustan los niños o la gente negra, o los niños negros, no eran nada nuevo para nosotras.

Después que Eunice recibió el tercer no, la hermana Mukumbu la llevó aparte para hablar con ella. Eunice tenía una forma de mover las caderas cuando caminaba que a mí me habría merecido un buen regaño de Ma Grande. Cuando los gerentes decían no, Eunice decía, "Gracias, de todas formas", de la misma manera que diríamos, "Te olvido y te olvidé" en el patio de juegos. Entonces salía de la tienda moviendo las caderas.

Dije que entraría a la tienda Safeway y buscaría al gerente. De seguro los trabajadores del supermercado me habrían visto a mí y a mis hermanas pasar por los pasillos con nuestra canasta de compras. Fui al gerente con mi voz más risueña y le dije: "Buenas tardes. Soy del campamento de verano del Centro del Pueblo y compro comestibles para la cena en esta tienda". Añadí eso por si acaso. Cuando le estaba diciendo de la concentración y lo buena que sería para la comunidad, dijo que no y algo de que era "en contra de la política de la tienda". Pero parecía amistoso. Sonrió y nos dio las gracias por comprar en Safeway.

Yo no tenía caderas que mover. En su lugar, mis piernas largas me llevaron por el pasillo de las provisiones y el de los panes hasta la salida. Yo había estado llevando cuenta de los que decían que no, y puse a Safeway en primer lugar. Mis hermanas, Cecile y yo comeríamos rollitos primavera, arroz blanco, pasteles de frijol y pescado frito antes que gastar otro centavo en las tiendas de los que dijeron que no.

La cuesta gloriosa

No sabía qué era más extraño: que Hirohito me viera en pijamas o no tener ninguna tarea que hacer. Intenté lavar los platos y me ofrecí a limpiar el piso, pero por quinto día consecutivo, la señora Woods me dijo: "Vete a jugar afuera".

Me sentí como una espectadora viendo a Hirohito correr detrás de Vonetta y Fern. Yo me quedaba en el porche con mi libro en la falda, feliz de haberlo traído conmigo. Cuando pasaba las páginas, miraba de reojo a Vonetta, Fern e Hirohito jugar Simón dice o Chico paralizado. Él sabía cómo evitar que lo paralizaran y que el juego se detuviera. Me di cuenta de por qué Hirohito toleraba a Vonetta y a Janice en el Centro del Pueblo. De por qué dejaba que Fern corriera tras de él y lo paralizara cuando ella no corría tan rápido como para alcanzarlo. Hirohito no tenía hermanos ni hermanas. Le gustaba hacer de hermano para mis hermanas y para mí.

Agradecida de que Hirohito agotaría a sus "hermanas" pronto, me acomodé a leer mi libro en el porche. Tenía tiempo para terminar el capítulo antes de volver a entrar a la casa. Con brillo en los ojos y respirando profundo, deseaba que Rontu ganara la pelea en contra de la jauría de perros salvajes, sus antiguos hermanos. *Gánales, Rontu. Gánales.* No escuché el silencio. Que los ruidos del juego en el patio ya no se escuchaban. Levanté la vista y vi que todos estaban de pie a mi alrededor, con el *go-kart* de Hirohito.

—Oye, Delphine.

Vonetta y Fern se rieron. Era evidente que formaban parte del plan de Hirohito de acercarse sigilosamente. Él sonrió, complacido de haberme agarrado por sorpresa.

—¿Quieres probar mi *go-kart*?

Puse los ojos en blanco y traté de parecer mayor. De estar por encima de los juegos de niños.

—¿Yo? ¿En esa cosa?

Vonetta y Fern comenzaron a gritar que querían un paseíto.

Le dio un golpecito a mi zapato con uno de los suyos

—Es divertido. Te va a gustar.

Antes de esta semana, yo habría dicho: "¿Y cómo sabes lo que a mí me va a gustar?". Mi deseo de sonar aburrida y mayor se desvaneció. Por dentro, me sentí como si me estuvieran empujando hacia la pista de baile del sexto grado. Quería darle la mano y dejarlo que me levantara de la silla, pero me sentía demasiado grande. Extremidades de árbol. Cara sosa. Probablemente me vería tonta en ese *go-kart*, igual que me vería tonta siguiéndole los pasos a algún niño en el salón multiusos de la escuela.

Miré el pedazo de madera que descansaba sobre una estructura de metal con ruedas de patines en la parte delantera y de triciclo en la trasera. Una cuerda en un extremo y un pedazo de alfombra en el otro. Nunca había visto a Hirohito sentado sobre el pedazo de alfombra. Siempre iba boca abajo, con los brazos extendidos y las manos agarradas a la barra que formaba la T. Era un milagro que no estuviese lleno de cicatrices.

—Chico, debes estar loco.

—No seas gallina. Puedes dirigirlo. Esas piernas tuyas van a alcanzar la barra de viraje fácilmente. Solo agarra bien la cuerda y mantenla estable.

Vonetta y Fern se burlaron de la elección despreocupada de palabras de Hirohito.

No podía pegarle por llamarme una gallina de patas largas después de haberme comido el arroz y el pescado de su mamá. Dije: "No me voy a montar en tu *go-kart*. De ninguna manera".

En lugar de decir, "No en tu *go-kart*" o "No, de ninguna manera", las voces de mis hermanas no me rescataron. Por el contrario, Vonetta y Fern —en especial Vonetta— gritaron y bailaron alrededor nuestro, pidiendo que asumiera mi turno en el *go-kart*.

Hirohito sacudió la cabeza, muy decepcionado, como si hubiese sido papá.

—No pensé que tendrías miedo, Delphine.

—A mí no me da miedo nada. —Mi voz alcanzó notas que yo no se sabía que podía alcanzar.

—Entonces, vamos.

—No.

—Gallina.

—No soy gallina.

Me ofreció la cuerda y dio golpecitos con la mano en el sillín de alfombra.

—Solo una cuadra. Ni siquiera una cuesta.

No podía permitir que pensara que yo era débil y que tenía miedo. El orgullo de niña y una voz más grave dijeron:

—No le tengo miedo a ninguna cuesta.

Cuando vine a darme cuenta, habíamos formado un alegre desfile. Yo, sentada en el *go-kart*, con los pies en la barra, Hirohito detrás, empujando, y Vonetta y Fern en la retaguardia, desfilando por la calle Magnolia. Qué espectáculo. Yo iba encorvada sobre el asiento, agarrando la cuerda, con mis enormes zapatillas de tenis en la barra de viraje. Solo me restaba enrollar bien la cuerda alrededor de las manos y rezar.

¿Cómo encontraría el balance y, peor todavía, cómo

confiaría en él? De seguro hacía falta tener balance para correr en ese peligroso *go-kart*. ¿A dónde había ido a parar mi buen sentido común? El sentido común que Ma Grande siempre decía que yo tenía desde que nací. Sentí coraje conmigo misma por permitir que esto pasara. Dejar que me presionaran a correr cuesta abajo en este turbulento bólido de madera. Podía caerme sobre mi trasero. Pelarme toda la piel de la piernas, brazos y manos. Podría parecer una estúpida, una calamidad, toda pelada y, para colmo, chillar como una miedosa delante de mis hermanas.

Agarré con fuerza la cuerda. Sentía el corazón latiéndome desde los oídos hasta los dedos de los pies.

Nada de eso les preocupaba a los que participaban en el desfile. Hirohito empujaba con alegría. Mis hermanas iban saltando, dando palmadas y cantando. Podían haber estado cantando: "Estréllate, Delphine. Estréllate".

Entonces Hirohito dejó de empujar. Ahora las puntas de los dedos me palpitaban. Estábamos en la parte más alta de la colina.

Hirohito me miró como si todo estuviera bien. No como si se estuviera vengando por haber sido malvada con él. Las rodillas me habrían chocado una contra la otra si no hubiesen estado paralizadas. Quería levantarme e irme.

—No te preocupes. Es seguro —dijo—. Mi papá lo construyó. Es resistente y no tiene astillas. Estuvo días lijándolo. Hizo un buen trabajo, ¿no es cierto?

—Cierto —dije.

—Yo lo ayudé. —Hizo girar la parte en T para que virara—. Un eje de verdad para las curvas. Es bueno para las carreras. Pero no te preocupes —dijo otra vez—. Solo tienes que ir recto. Mantenerlo estable. —Asintió con la cabeza y sonrió—. Mi papá es genial.

Dudo que tuviera la intención de hablar como las nenas sobre su papá. Se dio cuenta y cambió la voz.

—¿Lista, Delphine?

No contesté.

—Usa las zapatillas para reducir la velocidad y luego arrástralas hasta parar —me aconsejó. Entonces me levantó el pie y lo colocó en la posición correcta. La posición en la que los talones de mis zapatillas de tenis harían tanta resistencia como las de él—. Recuerda, no tienes que virar. Es un camino recto. Solo desliza tus zapatillas así. —Me movió el pie un poco hacia el lado. Era un milagro que le quedaran suelas a sus zapatillas.

Me dijo que me agarrara bien. Entonces le ordenó a Vonetta y a Fern que vinieran, como si me hubiese reemplazado como hermana mayor. A una parte de mí no le gustó ni un poquito. La otra parte no tenía tiempo para pensar sobre eso.

—¡Empujen!

Vonetta y Fern gritaron "Sí", y levanté la vista, furiosa, atemorizada y entusiasmada.

Sentí seis manos en la espalda y el terreno escabroso

debajo de mí. Con el estrépito, la cabeza me daba vueltas por la locura de todo. Que me empujaran cuesta abajo. Mis hermanas e Hirohito animando y empujando, y soltando, y el tiempo que no pasaba, sino que corría.

Era demasiado tarde. Demasiado tarde para saltar mientras el *go-kart* rodaba, las ruedas de patines chocando con cada piedrita y bache de la acera. Me inclinaba hacia la izquierda y la derecha, buscando el balance. Luego hacia delante. Izquierda, derecha, adelante, las rodillas recogidas me ayudaban a mantenerme estable.

Había una curva en la acera, que no era exactamente recta, como había dicho Hirohito. Para mí, era serpenteante y peligrosa, como un dragón de Chinatown. El *go-kart* tomó velocidad y sentí el estrépito de las ruedas contra el concreto debajo. Grité tan fuerte que me sorprendí. Nunca me había oído a mí misma gritar. Grité a todo pulmón, desde el fondo del corazón. Grité como si estuviese serpenteando y cayendo. Grité, me dio hipo y me reí como mis hermanas. Divirtiéndome como nunca, bajando por esa gloriosa cuesta.

Vonetta, Fern e Hirohito habían corrido detrás de mí, pero Hirohito había corrido más rápido que mis hermanas y me esperó al final. Cuando estuvimos todos juntos, Hirohito encabezó el desfile: él, Vonetta y Fern, todos riendo y bailando a mi alrededor.

La teRceRa cosa

¿Quién hubiera pensado que veinte volantes traerían a más de mil personas al parque? Vaya espectáculo negro; o, mejor dicho, vaya concentración espectacular de personas negras. La gente sencillamente vino y llenó hasta la última pulgada verde del parque. Algunos hasta se treparon a los robles y se sentaron en las ramas para ver bien. En todas partes había universitarios en camisetas inscribiendo gente para las pruebas de anemia falciforme y el registro de votantes. Patrullaban el parque Panteras Negras de todas partes del país, con la cabeza bien en alto y vestidos con camisetas azul cielo impresas con fotos de panteras negras. También había policías con la cabeza bien en alto y garrotes de madera.

Sin embargo, yo no sentía miedo, sino emoción.

—Ves —dijo la hermana Mukumbu, moviendo el brazo como una varita mágica sobre los cientos, quizás miles de personas.

Me siento avergonzada del orgullo que siento al planchar superbién un pliegue. Planchar bien un pliegue es un trabajo bien hecho. Traer gente a esta concentración era un acto de magia que te hacía volar sobre los árboles. Había valido la pena ir a los negocios de los que decían que no. En mi mente, toda esta gente había venido a la concentración porque nuestro campamento de verano ayudó a regar la voz. La idea de los anuncios de radio, el periódico de los Panteras Negras y el boca a boca no me pasó por la mente. Si Cecile pudiera ver lo que habíamos hecho. Y Pa y Ma Grande.

Se hicieron las presentaciones de los jóvenes primero, antes de todos los discursos y los músicos y los poetas adultos. Nuestra obra fue torpe, con la hermana Pat siguiéndonos con el micrófono, pero continuamos como si la hubiésemos ensayado así. La primera vez que Janice Ankton escuchó su voz resonar en todos esos altavoces, brincó para atrás. Pero se recuperó pronto y resultó ser más histriónica que Vonetta en sus días de más exageración y afectación. Janice blandió su pistola de juguete en dirección a nosotros, esclavos cansados y atemorizados mucho más de lo que el guion de la hermana Pat indicaba. Lo que sé es que a la multitud le gustó, y eso fue suficiente para "Harriet Tubman", quien proclamó: "O quieren ser libres o quieren ser esclavos atemorizados". Se suponía que dijera: "No he perdido ni un solo pasajero todavía". La multitud se volvió loca y Janice estaba oronda. Eunice pateó a su hermana de la misma manera que a veces yo tengo que poner a Vonetta en su lugar. Funcionó. Janice dejó de blandir su pistola y continuó con el guion tal como la hermana Pat lo había escrito.

Después que Harriet Tubman liberó a los esclavos, Hirohito y los chicos lucieron sus *katas* de karate y sus movimientos de *jiujitsu*. Eunice, Janice y Beatrice se cambiaron de ropa y se pusieron los vestidos y turbantes de estampado africano que había cosido su madre.

Estaba segura de que Vonetta se iba a morir de celos porque a la dramática actuación de Janice le seguía un baile en un vestido adorable. En cambio, estuvo muy callada mientras esperábamos entrar al escenario. Me temí lo peor al ver lo desanimada que estaba Vonetta. Esto había sucedido justo antes del desastre del baile de *tap*. Una Vonetta callada era una Vonetta asustada. Eso significaba que yo tendría que bailar su parte o, en este caso, decir su parte si se quedaba con los ojos como platos y no movía la boca. Después, tendría que consolarla durante las siguientes dos semanas.

—Vonetta, ¿estás lista?

Asintió.

Si no lograba que hablara, estábamos perdidas.

—¿Qué dijiste, Vonetta?

De nuevo asintió con la cabeza.

Ahora yo estaba furiosa. Furiosa porque esta era la misma Vonetta que se había empeñado en cantar "Seca tus ojos" ante toda esta gente. Esta era la misma Vonetta que había recitado "Realmente *cool*" hasta que a Cecile le dio un arranque de palabrotas. Esta era la Vonetta que había dicho, "Debemos hacer este poema". Y como de costumbre, iba a tener que salir yo a terminar el desastre que Vonetta había comenzado.

—Vonetta, no me hagas patearte.

—Mejor que no —dijo. Bien. Por lo menos abrió la boca y salieron tres palabras.

—Y para tu información, estoy dispuesta.

—Yo estoy dispuesta —saltó Fern—. Estoy dispuesta como Modesta. Estoy dispuesta y compuesta. En mi clase hay una chica llamada Vesta. Vesta Larson, pero Larson no rima con dispuesta y compuesta. —Entonces ladró—: Guau. Guau.

Vonetta y yo nos miramos y después miramos a Fern. Vonetta preguntó:

—Fern, ¿de qué hablas?

Fern sonrió y cantó:

—Yo vi al-go—. Entonces batió las palmas como si todavía estuviésemos en el autobús de East Bay.

Los chicos del karate habían salido de la tarima mientras la multitud todavía los aclamaba. Yo no había prestado atención porque estaba preocupada por Vonetta. Pero cuando Hirohito se acercó, le dije: "Eso estuvo superbien".

La hermana Pat nos empujó hacia el escenario y salimos ante toda esa gente. Se suponía que Vonetta nos presentara y dijera el nombre del poema y que nuestra mamá lo había escrito. Pero pude ver que los ojos se le ponían como platos y la cara lívida. Le susurré las dos cosas que sabía que la harían reaccionar. Le dije: "Hirohito está observando. Y a Janice le gustaría que te tropezaras".

El semblante de Vonetta se transformó. Agarró el pedestal del micrófono como si fuera Diana Ross, se paró delante de nosotras —sus Supremes— y se aclaró la garganta. ""Di a luz una nación negra"", por nuestra madre, Nzila, la poeta negra. ¡Todo el poder para el pueblo!".

La multitud rugió y levantó el puño. Quizás se entusiasmaron porque se trataba de una niñita haciendo mucho ruido. Quizás aclamaban a Nzila, que era ahora una prisionera política conocida. Para Vonetta, era a ella a quien aclamaban, y ella estaba lista para hacer su espectáculo.

Vonetta:
Di a luz una nación *negra*.
De mi vientre se derramó
una *negra* creación
que
secuestraron

encadenaron

dispersaron".

Yo:
"Despaché guerreros *negros*
rabié contra las barreras injustas
para descubrir
que los *negros* y los fuertes habían caído
divididos
engañados
vencidos".

Fern:
"Nos separan océanos *negros*
los gritos atormentados
las canciones
de las grandezas *negras*
aún resuenan en mi canal".

Vonetta, Fern y yo:
"Oye la reverberación
de una *negra* nación secuestrada
perdida para siempre
a extranjeras playas
donde los ladrones no pagan sus culpas
y Madre África no puede ser consolada".

Todo lo que faltaba era que Cecile nos viera y escuchara recitar su poema. Estoy segura de que no habría apreciado que Vonetta salpicara "negro" en su poema como si fuera pimienta, pero a la multitud le encantó, y nosotras le seguimos la corriente, añadiendo la palabra como había hecho ella. Seguirnos una a la otra fue fácil. Lo hemos estado haciendo desde que podemos hablar. Decir las palabras de Cecile, una después de la otra, fue como si la trajéramos a nuestra conversación en lugar de usarlas para volvernos en contra de ella, como habíamos hecho.

Cuando terminamos, se suponía que saliéramos de la tarima, yo primera, Vonetta segunda y Fern última. Saldríamos del escenario hacia los bastidores. Eso era lo que yo estaba segura de que habíamos hecho. Entonces me di vuelta y vi que Fern todavía estaba parada en el medio del escenario. Pensé buscarla, pero la hermana Pat ya iba de camino.

Fern no se quería ir. Le dijo algo a la hermana Pat, quien asintió y ajustó el micrófono a la altura de la boca de Fern. Entonces dejó a Fern sola en el escenario.

La multitud hizo silencio y esperó, pero Fern no dijo palabra. De nuevo salí a buscar a Fern, pero la hermana Mukumbu me agarró por el hombro. "Espera, Delphine. Déjala".

La hermana Mukumbu no tenía idea de cuán duro era

para mí ver a mi hermanita de pie sola ante toda esa gente. Podían reírse de ella, gritarle que se saliera del escenario o abuchearla hasta hacerla llorar. Pero Fern hizo puños con las manos, se pegó con ellos en los costados y luego habló.

—Mi mamá me llama Chiquita, pero el poema es de Fern Gaither, no de Chiquita. Es un poema para el Loco Kelvin. Se titula "Una palmadita en la espalda para un buen cachorro". Se aclaró la garganta.

El Loco Kelvin dice: "Muerte al cerdo".
El Loco Kelvin choca los cinco dedos con todos.
El policía le da una palmadita en la espalda al
Loco Kelvin.
El policía dice: "Buen cachorrito".
El Loco Kelvin dice: "Guau. Guau.
Guau. Guau. Guau. Guau".
Porque vi al policía darte una palmadita en la
espalda,
Loco Kelvin.
Sin duda lo vi.

Entonces sucedieron dos cosas. En realidad, tres.

Primero, la multitud enloqueció con Fern Gaither. Janice Ankton cruzó los brazos y le dijo a Eunice que no iba a salir a bailar porque Fern se había llevado todos los aplausos.

Segundo, el Loco Kelvin se retiró. Creo que estaba buscando la mejor manera de salir del parque, pero estaba rodeado de Panteras Negras. Ellos sabían lo que había dicho Fern, aunque a Vonetta y a mí nos tomó un poco más de tiempo entender lo que Fern había dicho y visto. Y lo que significaba. Por suerte para el Loco Kelvin, había suficientes policías allí para sacarlo del parque.

Qué curioso lo del Loco Kelvin. Si no hubiese hablado tanto de los "cerdos racistas", Fern nunca se habría preguntado: "¿Qué no cuadra aquí?". Estoy segura de que tuvo que ver más con Miss Patty Cake y que él le dijera a quién podía amar. Fern tenía al Loco Kelvin en la mirilla, y lo pescó con sus propias palabras: "¿Qué no cuadra aquí?".

Hubo una tercera cosa que sucedió en ese instante, solo que yo no me enteré en el momento. Cecile me lo contó en una carta un mes más tarde. Y esa cosa, la tercera cosa que sucedió, fue que nació una poeta. *No era Longfellow,* decía Cecile en la carta, *pero comenzó con buen pie.*

¿y?

La concentración todavía estaba en todo su apogeo, pero Vonetta, Fern y yo nos zambullimos en la multitud tan pronto vimos a Cecile. No éramos del tipo de darnos abrazos, pero estábamos todas felices. Estábamos felices de que Cecile había sido puesta en libertad y felices de que estuviera allí para vernos en el escenario recitando "Di a luz una nación". Gracias a Vonetta, la gente ahora llamaba el poema "Di a luz una nación negra". Yo me había preparado para que estuviese furiosa con nosotras por alterar su poema igual que alterábamos su paz, pero no dijo ni pío sobre todos los "negros" que habíamos metido en su poema. De hecho, Cecile parecía distinta después de haber estado encerrada. Hasta limitó su disfraz a las gafas de sol grandes. Se sentía tan bien —aunque creo que solo yo podía detectarlo— que hasta nos felicitó.

Vonetta recibió su felicitación a expensas mías. Cecile dijo: "¿Ves, Delphine? Tienes que hablar más fuerte, como Vonetta. Así es que se recita un poema". Bien podría haber dicho que Vonetta era la Shirley Temple negra de Hollywood. Vonetta vivió del elogio de Cecile el resto del verano y hasta entrado el año siguiente

A Fern, Cecile le dijo: —¿Quién hubiera dicho que podías escribir un poema?

Fern respondió: —No lo escribí, lo recité.

—Sin duda —dijo Cecile, antes de que pudiera decirlo Fern, y todas nos reímos. Lo que Cecile no dijo fue el nombre de Fern. Fern pareció no darse cuenta, pero yo sí.

Esperé a que Cecile me elogiara a mí también. Yo no necesitaba grandes elogios, como mis hermanas, pero sabía que el mío sería bueno, porque vendría al final. Esta vez pensaba disfrutárlo y sonreír como una boba.

Pero entonces algunos de los organizadores de la concentración se arremolinaron en torno a "la hermana Nzila" y a "la pequeña Nzila". Hicieron mucho alboroto con Fern, diciéndole lo valiente y lista que era. Los organizadores también habían previsto tiempo para que Nzila hablara de su "arresto injusto" pero Cecile no aceptó. "Ya todos escucharon a mis hijas" dijo, más cansada que orgullosa. "Lo dijeron todo por mí".

Vonetta, Fern y yo abrazamos a la hermana Mukumbu y a la hermana Pat y les dijimos que la habíamos pasado de maravilla en el campamento de verano del Centro del Pueblo. Ellas elogiaron nuestro trabajo. Elogiaron la valentía de Fern. La voz alta y fuerte de Vonetta, y que yo fuera líder y colaboradora. Le dijeron a la hermana Nzila todo sobre nosotras y que nos querían de vuelta el año siguiente.

El resto de la concentración fue toda discursos sobre Huey Newton y Bobby Hutton. Cecile dijo que no se quedaría para eso, aunque pudo haber sido la estrella del día. Dijo: "Pueden quedarse y correr por ahí con sus amigos. Mañana estarán en el avión para Nueva York".

Vonetta y Fern se fueron con Janice y Beatrice. Eunice y yo encontramos un lugar donde sentarnos y compartir una bolsa de papas fritas. Le dije que iba a regresar a Nueva York al día siguiente. Me preguntó si íbamos a regresar y le dije que no sabía. Sugerí que nos escribiéramos cartas una vez al mes. Eso le pareció bien. Ninguna de las dos éramos muy habladoras ni nos gustaban los juegos de correr. Así que nos quedamos sentadas allí.

Hirohito nos encontró sentadas y saltó a una pose de karate.

—¿Me vieron?

—Te vimos, Hirohito —dijo Eunice—. Habría sido mejor si hubieras roto maderas, como hacen en la TV. —Hizo el gesto de romper maderas de aire con un golpe de karate.

En realidad, él no la estaba mirando a ella. Me miraba a mí.

—¿Quieres montarte en mi *go-kart*?

Yo no sabía cómo actuar con Hirohito estando Eunice allí. Dije que no y me miré las zapatillas. Sentí que me sonrojaba. Mis pies eran demasiado grandes. Demasiado grandes para una chica de sexto grado.

—Hirohito, ¿dejaste que una chica se montara en tu *go-kart*? ¿Tu preciado *go-kart*? —No sabría decir si Eunice le estaba tomando el pelo o estaba molesta con él.

—Sí. ¿Y?

—Te gusta Delphine.

Le di un golpe en el hombro como si fuera Vonetta. No pareció molestarle. Molestar a Hirohito y hacerme sentir tonta parecía entretener y divertir a Eunice. Se puso la mano sobre la boca para suspirar. "No te puedo creer, Delphine. Te gusta Hirohito. Eres igual que Janice y tu hermana".

Era la segunda vez que Eunice me había mortificado, y ambas veces habían tenido que ver con Hirohito. Yo nunca había tenido a nadie mayor que yo como hermana o hermano y no sabía cómo contestar. No quería negarlo, en caso de que yo le gustara a él también, pero no iba a ser yo quien lo dijera en palabras. Ni siquiera me lo había dicho a mí misma todavía.

Eunice no paraba. Finalmente se estaba divirtiendo.

—Hirohito Woods. No puedo creer que dejaste que una

chica se montara en tu *go-kart*.

—¿Y?

Sonreí sin sonreír, como hace Cecile. Además, él pudo haber dicho, "Ella no me gusta" o "Es demasiado alta" o "Es demasiado sosa". Pudo haber dicho lo que dicen todos los niños de mi clase: "No me gustaría, aunque fuese la última chica de la tierra". Por el contrario, Hirohito dijo, "¿Y?" como diciendo, "Okey". Como que estaba bien que a uno le gustara Delphine.

Yo lo dije también. "¿Y?".

Ten once años

Le contamos todo a Cecile. Nuestra excursión a San Francisco, los *hippies*, Chinatown. Vonetta contó de la gente alta, rubia y blanquísima que le tomó fotos como si ella fuese una estrella del cine, algo que pude ver que a Cecile no le gustó ni un poquito. Fern contó que ella vio al Loco Kelvin con dos policías justo antes de que el autobús entrara al puente de la Bahía. Nos soltó un rollo de que Kelvin siempre hablaba sobre los "cerdos racistas" pero había permitido que un policía le diera una palmadita en la espalda como si fuera el perro del policía. A eso, Cecile respondió: "Si eres capaz de ver eso, entonces seguro que vas a escribir poemas".

Le preguntamos sobre el arresto y eso de ser una

prisionera política y una combatiente por la libertad. Cecile lo hizo parecer como si no fuera la gran cosa. "He estado luchando por la libertad toda mi vida". Pero no estaba hablando sobre carteles de protesta de hacerle frente al *establishment* y de conocer tus derechos. Estaba hablando sobre su vida. Solo de ella. No del pueblo.

Vonetta, que quería más elogios, dijo: "Volvimos a poner las cosas en su lugar, como te gusta" refiriéndose al lugar de trabajo de Cecile, la cocina. No esperaba efusividad, pero hubiera sido bonito si nos ofrecía algo más que un gesto con la cabeza.

Empacamos todas nuestras cosas excepto la ropa que usaríamos la mañana siguiente. Era difícil de creer que cuatro semanas hubiesen pasado tan rápidamente. Cuando Vonetta y Fern se fueron a la cama, fui a la cocina y encontré a Cecile inclinada sobre la imprenta. Había piezas de la máquina sobre la mesa. Tenía un destornillador en la mano, y estaba componiéndola ella misma.

Aunque no escuché el batir de la puerta cuando la empujé, ella sí y sabía que yo estaba allí.

—Llamé a tu papá cuando salí —me dijo sin levantar la vista—. Delphine, ¿por qué no le dijiste lo que había pasado?

Me quedé sorprendida. En *shock*. No se me había ocurrido que ella quisiera que llamara a papá.

—Pensamos que volverías enseguida.

Ella continuó atornillando uno de los rodillos, sin mirarme todavía.

—Yo contaba con que lo llamarías. Que le dirías lo que había pasado. Pensé que por lo menos te darías cuenta de eso. Eres la mayor, Delphine. La lista.

Acababa de decirme que era lista y decepcionante, lo que me recordó que no había dicho ni una sola cosa bonita sobre mí. Ni una.

—Papá hubiera querido que regresáramos a Brooklyn. Habría estado furioso porque no hice lo que me dijo: cuidar a Vonetta y a Fern. Y entonces Ma Grande no dejaría pasar ni un día sin decirme por el resto de mi vida que no eres más que...

—Delphine. Dejaste que pasaran siete días sin llamar a tu papá. Siete días. Eso hubiera sido cuidar a Vonetta y a Afúa. No debiste echarte todo esto encima. Tú no tuviste nada que ver con que la policía me arrestara. Yo no tuve nada que ver con que la policía me arrestara. Llegaron aquí. Me arrestaron junto con los dos Panteras que en realidad buscaban. Y la madre de Louis va a decir lo que va a decir. Así son las cosas. Lo único que tenías que hacer era llamar a tu padre. Eso era todo.

Los ojos me ardían. Estaba rabiosa. No podía dejar de decir lo que tenía que decir, aunque se parara delante de mí y se convirtiera en mi loca madre montaña y me tirara al piso. Yo me desbordaba.

—Solo tengo once años y lo hago todo. Tengo que hacerlo porque *tú* no estás aquí para hacerlo. Solo tengo once años, pero hago lo mejor que puedo. No *me largo*.

Todavía estaba sobre mis pies. El mentón no me ardía. No me habían dado una nalgada. Pero yo estaba preparada. Cerré los ojos, porque supuse que así la bofetada no ardería tanto.

Pero solo escuché el sonido de metal sobre metal. Abrí los ojos. El sonido que había escuchado era el destornillador, que había chocado con el interior de metal de la imprenta. Ella colocó el destornillador sobre la mesa.

Yo no tenía dónde ir, pero quería desaparecer.

Finalmente, señaló con la cabeza hacia el piso y dijo:

—Siéntate.

Hice lo que me indicó. Se hizo un silencio largo, pero después habló.

—Éramos solo mi mamá y yo hasta que cumplí once años.

Yo no estaba acostumbrada a tener toda su atención. Que me mirara y me hablara. Mientras estuvo hablándome, no me quitó los ojos de encima.

—Un auto la atropelló y ella murió. Ahí quedó. Mi tía me recogió para que le limpiara la casa, cuidara a sus hijos. Dormí sobre una manta en el piso en la habitación de los niños durante cinco años. Yo tenía dieciséis cuando ella anunció que se iba a casar. Dijo que no estaba bien tener a una chica grande en la casa ahora que tenía marido. Dijo que me estaba haciendo un favor a la larga. Entonces la hermana de mi mamá me hizo un sándwich que no me pude comer, me dio veinte dólares y me sacó de la casa.

—Dormía en el metro de noche. Durante el día leía a Homero y a Langston Hughes en las bibliotecas. Trataba de esconderme entre los estantes, pero siempre me encontraban y me sacaban de allí. Cuando no tenía los quince centavos para el metro, dormía en los bancos del parque. Dondequiera que me pudiera esconder.

—Delphine, es difícil dormir en la calle. Es difícil para un hombre hecho y derecho, más difícil para una adolescente, no importa cuán grande y alta sea. Por la noche me hablaba a mí misma para mantenerme despierta. Recitaba los poemas de Homero y de Langston Hughes. Me gustaban las palabras. Me consolaban. La rima. El ritmo. Crearon un espacio para mí. Me mantuvieron fuerte.

—Pero siempre tenía hambre y me enfermé. Tu padre me encontró en un banco del parque. Él y su hermano tenían un apartamento bonito en la calle Herkimer. Él me dio comida. Me dio una cama donde dormir. No había dormido en una cama desde que tenía once años y mi madre estaba viva.

—Louis nunca me molestó. No me pidió hacer gran cosa excepto cocinar. Barrer. Lavarle la ropa. —Hizo una pausa—. Te tuve a ti al año siguiente. Tenía seis años más de los que tienes ahora. Después tuve a Vonetta. Las dos veces su mamá vino de Alabama y asistió en el parto tuyo y de Vonetta en aquel apartamento. Ella y yo no nos llevábamos bien, así que ella siempre regresaba al Sur.

—Entonces tuve a la última. Esa chiquita tenía tantas ganas de venir que llegó cuando quiso ella. Antes de tiempo y rápido. Nació un viernes. Solo pude acostarme en el piso de la cocina y dejar que llegara.

Se detuvo un minuto y dijo:

—Tú estabas allí cuando ella llegó.

—¿Yo estaba allí?

—Yo estaba en el piso. Tú me acariciabas el pelo como si fuera una muñeca, pero tú no tenías muñecas. No tenías juguetes. Dijiste: "No llores, Mama. No llores". Creo que esa fue la primera vez que te escuché hablar de verdad. Pero cuando ella salió de mí, no dijiste ni palabra. Tomaste el paño de cocina que colgaba del tirador de la nevera y limpiaste a tu hermana.

Yo apenas podía respirar.

—Entonces Darnell llegó de la escuela. Él hizo todo lo demás que había que hacer.

¿Por qué no podía recordar el nacimiento de Fern? Decirle a mi mamá que no llorara. Limpiar a Fern con el paño de la cocina. ¿Dónde estaban esos recuerdos fugaces?

—Tu vida parece difícil, Delphine, pero es buena. Es mejor de lo que yo te hubiera podido dar.

Aquí estaba mi madre contándome su vida. Quién era. Cómo había llegado a ser Cecile. Contestando preguntas que yo llevaba almacenadas en la cabeza desde el momento en que caí en cuenta de que ella no iba a volver. Aquí estaba, contándome más de lo que yo podía recordar, entender, imaginar. Quizás era muy joven para de verdad entenderlo todo, pero por primera vez en mi vida, en lo único en que podía pensar era en mí. Lo que había perdido. Lo que no había visto. Que nadie nunca dijo, "Bien, Delphine". Nunca nadie dijo gracias. Aun después de decirme todo esto, yo estaba rabiosa. Quizás había estado rabiosa siempre pero no había tenido tiempo de estarlo. Rabiosa.

—¿Es cierto lo que dice Ma Grande? ¿Que te fuiste porque no pudiste darle el nombre que querías a Fern?

Interpreté su silencio como un sí. Por un rato no dijo nada, así que pensé que había terminado de hablar. Empecé a ponerme de pie.

Entonces dijo: —Pude haberte llevado conmigo y dejado a las otras dos. Tienes la cara de mi madre. Tú no llorabas. No pedías mucho. No hablabas, pero entendías. Pero no tenía ni un centavo en el bolsillo. Yo sabía que me tenía que ir. Así que le di a Vonetta una galletita. Era lo que quería, de todas formas. Le di leche a la bebé y…

La imagen pasó frente a mí como había pasado tantas, tantas veces.

—… puse la muñeca con Afúa. La muñeca que le pedí a Darnell que fuera a comprar a la tienda. Te dije que te portaras bien y que esperaras a papá. Y me fui.

Me dijo todo lo que yo quería saber y más. Era

demasiado. Tendría que sacarlo una pieza a la vez para mirarlo.

—¿Que si me fui por causa de un nombre? Tendrías que ser grande para explicarte. Si te dijera ahora, solo serían palabras. —Agarró el destornillador y volvió a trabajar con la imprenta—. Ten once años, Delphine. Ten once años mientras puedas.

Eso fue todo.

A mitad de la noche me desperté.

¿Afúa?

Afúa

—¡Delphine, Vonetta y Fern! Salgan de la cama. Vamos. Es hora de irnos.

Nadie quería salir de la cama. Nadie quería irse. Pero Cecile, de pie en el marco de la puerta, nos llamó una vez más.

Fern fue la primera en levantarse.

—¡Oigan! Es mi nombre. ¡Nuestra mamá dijo mi nombre!

Cecile puso los ojos en blanco y salió de la habitación.

Fern parecía un frijol saltarín.

—¡Dijo mi nombre! ¡Dijo mi nombre!

Vonetta no aguantaba un minuto más los saltos de Fern en el colchón de arriba.

—Gran cosa. Dijo mi nombre también.

—Gran cosa para mí —dijo Fern—. Ella siempre dice Delphine. Siempre dice Vonetta. Hoy dijo Fern, Fern, Fern. —Dio un salto con cada "Fern"—. Dijo Fern, no Chiquita.

Vonetta le lanzó su almohada a Fern, pero Fern no se callaba.

—Ese no es tu nombre verdadero —dije—. El nombre que ella te dio.

—Sí que es.

—No lo es.

Continuamos así, Vonetta y yo del mismo lado, para cambiar.

—Sí que es.

Entonces rompí el ritmo, diciendo:

—Te llamas Afúa.

Yo no era conocida por bromear. Eso las puso serias, tanto como el nombre de Fern. Ambas lo articularon: A-FÚ-A.

—Di que no es cierto, Delphine —me pidió Fern—. Mi nombre no es Afúa, es Fern.

Vonetta la señaló.

—¡A-já! Afúuua. Afuera. CHIQUITA Esparraguera. Ponlos en mi ensaladera.

Fern se sonrojó. Aquí se suponía que yo mandara a callar a Vonetta y defendiera a Fern. En vez, dije:

—Acostúmbrate. Te llamas Afúa, así que es Delphine, Vonetta y Afúa.

Fern hizo puños con las manos y me pegó en el estómago. Tenía la mano tan pequeña... No dije "Ay" para que no tuviese la satisfacción de saber que me había dolido. Solo dije: "Ve a lavarte los dientes, Afúa".

Más tarde, Cecile dijo: "¿Por qué le dijiste eso? Si yo hubiese querido que supiera su nombre, se lo habría dicho".

No podría decir si Cecile en realidad estaba molesta o si solo estaba fastidiando. Decidí que estaba fastidiando y que yo no podía pasarme la vida atemorizada de lo que mi madre haría. Me encogí de hombros y me comí el cereal.

Delphine, Vonetta, Afúa, Nzila. Algunos nombres inventados. Otros, no. ¿Importaba lo que querían decir en realidad, o de dónde los había sacado Cecile? Lo importante era que era ella quien nos los había puesto.

Pasamos el viaje en autobús y el viaje de dos dólares en taxi hasta el aeropuerto burlándonos de Afúa. Una vez que Cecile dijo, "Ya basta", dejamos de burlarnos de Fern. Pero las sonrisitas de Vonetta y mías se convirtieron en risas disimuladas. Fern se quedó enfadada.

Cuando llegamos al aeropuerto, Cecile llamó a papá por cobrar. Nos dio la espalda y habló con Pa durante más de quince minutos. Ma Grande no iba a estar contenta con el costo de la llamada, pero dudo que a papá le importara.

Mientras esperábamos que Cecile terminara de hablar con Pa, un hombre blanco vino y nos dijo que qué simpáticas nos veíamos mis hermanas y yo en nuestros vestidos iguales. Todavía le quedaba película de su viaje de turismo y quería usarla para tomarnos una foto. "¡Niñas lindas, sonrían lindo!", dijo. Podía ver que era un hombre bueno, pero Cecile lo detuvo mientras Vonetta se ajustaba la cinta para el pelo, ya lista para posar para la cubierta de la revista *Jet*.

Cecile se paró delante de nosotras y dijo: "No son monos en exhibición". El hombre bueno trató de disculparse, pero Cecile no lo permitió. "¿A usted le gustaría que un desconocido viniera a tomarle fotos a sus hijas?". Me sentí mal por él, pero sabía que Cecile tenía que intervenir. Cualquier madre habría hecho por lo menos eso.

Esperamos en cómodos asientos de la sala de espera, sin hablar, por casi media hora. Las manos del reloj grande se movían despacio. Fern movía la cabeza alegremente como si estuviese contestándose a sí misma o cantando. Como cuando Cecile daba golpecitos con el lápiz. Vonetta jugaba con la cinta del pelo o se enrollaba la trenza más larga alrededor del dedo. Yo seguía al conserje según empujaba el mapo seco por el piso mientras la gente con maletas bailaba a su alrededor o buscaba asientos. Dejé de mirar el reloj grande o mi Timex. No tenía que hacerlo. Las náuseas que sentía me decían que era hora de irnos. Y entonces hicieron el anuncio de abordaje por el altoparlante.

Ella dijo: "Vayan", y fuimos.

Esperaba que Cecile se alejara. Que atravesara la terminal con pasos de hombre tan pronto nosotras nos levantáramos y nos pusiéramos en fila. Cuando me di la vuelta para ver si se había ido, estaba a pocos pies, mirándome. Fue una sensación extraña y maravillosa. Descubrir ojos que te miran cuando lo que esperas es que nadie se fije en ti. Sonreí un poco y miré hacia adelante para buscar qué hacer.

Vonetta y Fern llevaban su propio boleto. Traté de agarrar el boleto de Fern, preocupada de que lo fuera a espachurrar por la forma en que lo estaba agarrando. Me sintió y retiró la mano. Nos acercamos al principio de la fila, cerca de la persona que revisaba los boletos. Fern hizo puños con las dos manos, pegándose en los costados, el boleto completamente arrugado.

Quizás tenía miedo del viaje en avión y de los golpes de las nubes. Quizás no sabía qué hacer con las manos sin Miss Patty Cake. O quizás todavía estaba enfadada por las bromas de Afúa. Mi primera reacción fue consolarla. Traté de tocarla, pero salió corriendo y le brincó encima a Cecile. Vonetta y yo no lo pensamos. Nos salimos de la fila y corrimos a abrazar a nuestra madre y dejar que ella nos abrazara.

¿Cómo puedes volar tres mil millas para conocer a la madre que no habías visto desde que necesitaste su leche, necesitaste que te cargaran, o tenías cuatro años para cinco, y no vas a echarle los brazos, quiera ella o no? Ni

Vonetta, ni Fern ni yo podíamos contestar eso. No íbamos a irnos de Oakland sin lo que vinimos a buscar. Fue Fern la que supo que lo que necesitábamos era un abrazo de nuestra madre.

Reconocimientos

En esta historia hay tantas mujeres y niñas. Mujeres que he conocido. Poetas que leí de niña. Amigas de infancia. Mientras escribía, las personas que me inspiraron fueron el huracán que es mi madre, Miss Essie Mae Coston Williams; Rosalind Williams Rogers (mi "Delphine"); Rashamella Cumbo; Debra Bonner; Ruby Whitaker y muchas más. Entre las poetas en quienes pensé mientas escribía se encuentran Nikki Giovanni, Gwendolyn Brooks, Lucille Clifton, Sonia Sanchez y Kattie Miles Cumbo. ¿Y dónde estaría esta obra sin mi hermana, mi defensora y editora, Rosemary Brosnan?

No hubiese podido escribir esta obra de ficción sin antes haber leído libros, artículos y entrevistas que abarcan este período. Específicamente, no habría sentido el clima de la época desde la perspectiva y los relatos de los Panteras Negras sin *The Black Panther Intercommunal News Service*, de David Hilliard.

Quise escribir esta historia para los niños que fueron testigo y parte de unos cambios necesarios. En efecto, hubo niños.

Extracto del discurso de Rita Williams-Garcia al aceptar el premio Coretta Scott King por *One Crazy Summer*

A lo largo de toda mi obra, he pedido a mis lectores —adolescentes en su mayoría— que reflexionen sobre mis propuestas y que formen sus propias opiniones. En mi séptima novela, quise hacer algo distinto. Quise contar la época en que disfruté mi infancia: el final de la década de 1960. Me complace y divierte que ese tiempo para los niños que tienen once años hoy, es un período histórico.

Permítanme volver atrás por un minuto y repetir: "la época en que disfruté mi infancia". A pesar de la turbulencia necesaria por la que atravesaban el país y el mundo, a pesar de haber tenido que hacer las maletas y haberme mudado porque mi padre estaba en el ejército, a pesar de que se me recordara que el futuro no estaba garantizado, yo gocé mi infancia. Mis hermanos y yo nos dimos el gusto de entretenernos con pasatiempos que hoy están desapareciendo. Jugábamos mucho. Leíamos libros. Coloreábamos con crayones bicicletas. Hablábamos como hablan los niños. Soñábamos sueños infantiles. Si nuestros padres nos dieron algo, fue un lugar donde ser niños, manteniendo el mundo adulto en su lugar lo mejor que pudieron. Pero los ojos y oídos curiosos siempre se agarran a algo.

Mientras mi padre estuvo en Vietnam, mi madre hizo trabajo voluntario en un programa antipobreza. Décadas más tarde diría en un vídeo que fue miembro del Partido Pantera Negra, pero sé que Miss Essie estaba actuando para la cámara. No obstante, la historia tiende a mantener algunos detalles en secreto, y el Partido Pantera Negra de Autodefensa fue fundado por activistas de un programa contra la pobreza, así que no puedo descartar por completo lo que ella dijo. Sin embargo, teníamos parientes que eran miembros del Partido Pantera Negra y del Ejército Negro de Liberación o que estaban involucrados con ellos. Cuando tenía alrededor de diez u once años, escuché un cuchicheo acerca de un primo que no sabía que tenía: un estudiante universitario que había secuestrado un avión para llevarlo a Argelia. Hubo otras conversaciones sobre otros miembros de la familia de las cuales mis hermanos y yo no fuimos parte.

Después que mi padre se licenció del servicio, nuestra

familia regresó a St. Albans, en Nueva York, y se topó con una sólida presencia de los Panteras Negras en el vecindario. Era una presencia que contradecía las imágenes presentadas en las noticias. No puedo decir que esas imágenes fueran falsas; solo que no eran lo que vi cuando niña. En mi vecindario observaba la expresión de la ideología de los Panteras Negras en la poesía, la música y los carteles. Había clínicas gratuitas y pruebas para anemia falciforme. Programas gratuitos de desayuno. Donaciones de ropa y zapatos. Había programas para niños, aunque nunca asistí a ninguno. Como adolescente de más edad, seguí de cerca el encarcelamiento de Angela Davis y de Assata Shakur, a quien se le conocía entonces como JoAnne Chesimard. Me enteré de que Assata Shakur, al igual que la activista Pantera Negra Afeni Shakur, había estado encinta mientras estaba en la cárcel. Me pregunté sobre los hijos de los miembros del Partido de los Panteras Negras.

Cuando me senté a escribir *Un verano loco,* escogí a los niños y a la niñez como mi acercamiento al Movimiento del Poder Negro. Le estaban naciendo niños a la revolución. Los niños estaban siempre presentes y en el centro de los ideales de cambio y revolución. Recibían servicios del Partido Pantera Negra en programas comunitarios y asistían a escuelas administradas por los Panteras Negras, tales como la Oakland Community School. Aprendieron a ser intelectualmente curiosos y conscientes, y a ser serviciales en sus comunidades. En muchos casos, a los niños se les protegía en lugares seguros porque eran los niños de la revolución.

Solo tuve que ver la foto de los hijitos de David Hilliard, quien fue Jefe del Estado Mayor del Partido Pantera Negra para ver las cosas desde una perspectiva infantil. Hasta los niños de la revolución añoran a sus madres y padres. El difunto rapero y poeta Tupac Shakur, hijo de Afeni Shakur, expresó su propia ambivalencia hacia la devoción que sentía su madre por "la causa", aunque esto no inhibió su conciencia política. Tuve que recordar llevar la historia al nivel personal y no dejarme dominar por mi propio fervor. Recordar que los niños de la revolución, los hijos del activismo, saben lo que es vivir con sacrificio y con sufrimiento. Solo esperaba que, al igual que los autores galardonados con el premio Coretta Scott King el año pasado, pudiera arrojar luz y dar vida a un período pasado por alto, poco valorado y con frecuencia tergiversado de la historia de nuestra nación. Y para hacerlo, seguí en todas las direcciones acertadas en que me llevaron Delphine, Vonetta, Fern e Hirohito.

Extras y actividades

El año 1968 fue un momento revolucionario en la política y en la música. En su entrevista en la PBS, Kathleen Cleaver, una antigua Pantera Negra, afirmó: "Hacíamos en la política lo que Jimi Hendrix hacía en la música. Cambiábamos el volumen, cambiábamos el ritmo".

Trabajando en grupos o independientemente, elabora una lista discográfica de diez canciones que reflejen la década de 1960 y las escenas de *Un verano loco*.

Escoge una canción de tu lista y haz una presentación sobre ella a tu público. Reproduce por lo menos un minuto de la canción y habla acerca del significado de la letra y cómo la canción se relaciona con los años sesenta o con *Un verano loco*.

Cecile/Nzila escribía poemas durante la época en que escritoras como Nikki Giovanni, Sonja Sanchez y Lucille Clifton escribían poesía.

Adopta a un(a) poeta de la década de los sesenta y estudia uno de sus poemas.

Organiza un recital de poemas.

Escribe tus propios poemas.

Con permiso de tus padres, grábate en vídeo representando los personajes y recita "Tipos móviles", "Una palmadita en la espalda para un buen cachorro" o "Di a luz una nación negra". Súbelo a YouTube e incluye *Un verano loco* en el título de tu sitio.

El Partido Pantera Negra se fundó originalmente en 1966 como organización de autodefensa y activismo comunitario, aunque personas dentro y fuera de la comunidad negra no necesariamente estaban de acuerdo con sus mensajes y métodos.

Visita el sitio web de los Panteras Negras y lee el Black Panther's Ten Point Program [en inglés] un documento que esboza sus demandas básicas.

Considera cada uno de los puntos (por ejemplo, "QUE-REMOS PLENO EMPLEO PARA NUESTRA GENTE") y di si estás de acuerdo o en desacuerdo. ¿O estás de acuerdo o en desacuerdo hasta cierto punto?

Los sesenta fueron una década de protesta y cambio. Cada protesta tenía su propio mensaje aglutinador. Los partidarios llevaban rótulos y chapas. Algunos mensajes de protesta usaban palabras, algunos mensajes incluían un logotipo y otros incluían palabras y logotipos.

Identifica una causa en la que creas.

Escribe un mensaje breve y memorable sobre tu causa.

Opcional: Diseña un logotipo para tu causa.

Crea un cartel de protesta, una chapa, o una camiseta con tu mensaje de protesta y logotipo.

Una línea temporal es una buena forma de estudiar un período. ¿Por qué no dar una ojeada a los sesenta, desde el comienzo hasta el final de la década?

Escoge un tema (por ejemplo, la moda, la política, titulares noticiosos, inventos, música, bailes populares, exploración del espacio).

En una hoja grande de papel, usa una regla para dibujar una línea temporal, haciendo una marca para cada año desde 1960 hasta 1970. Cada una de estas marcas debe ser equidistante de la siguiente. (Por ejemplo, si tu línea temporal tiene diez pulgadas de largo, cada marca de año debe ser de una pulgada.) Según el tamaño del papel, puedes hacer las marcas tan cercanas o tan distantes como desees.

Emplea recursos gráficos y texto para describir los eventos que quieres incluir a lo largo de las marcas de tu línea temporal.

Delphine, Vonetta y Fern van en una excursión a San Francisco. Antes de partir, Delphine obtiene información de viaje y de las atracciones turísticas en la biblioteca. Planifica tu propia excursión.

Escoge una ciudad o país que quieras visitar.

Planifica el viaje buscando información sobre la mejor manera de viajar, las atracciones que hay que ver, la comida típica del lugar y los *souvenirs* que reflejan la ciudad o el país que has escogido.

Prepara un presupuesto para todas las necesidades de viaje, turismo y *souvenirs*.

Diseña una tarjeta postal que represente tu aventura.